Vincenzos Grappa-Gruft

und andere Geschichten aus dem Tal der Lerrone

Inhalt

Vorweg 9
Alberto, der Geheimtipp 11
Aldo liebt Beton 17
Antonio und die Banditen 23
Alle suchen Domenico 29
Gianfranco und der Schlaf 35
Martinos schönster Platz 43
Zio Maurizios Träume 55
Das Fest 63
Oswaldo, der Star 71
Il Primo Sole 79
Riccardo, der Künstler 89
Auf der Jagd 95
Der große Regen 101
Valerios Glück 107
Vincenzos Grappa-Gruft 113
Figaro hier, Figaro da 123
Nachwort 127

Blick ins Tal der Lerrone
Im Vordergrund: Casanova Lerrone

Vorweg

Das ausladende Tal der Lerrone liegt in einer noch unverfälschten Landschaft Italiens. An die bewaldeten Hügel schmiegen sich kleine Orte. Dort, wo der inzwischen zur Centa gewordene Fluss das Meer erreicht, breitet sich in der Ebene die alte ligurische Stadt Albenga aus. Da der Badestrand nur schmal ist, ziehen Touristen und einheimische Urlauber aus Mailand oder Genua weiter ins benachbarte Alassio.

Den Bewohnern der Dörfer ist es recht. Den wenigen Ausländern, die sich im Tal und auf den Anhöhen ein *rustico* ausgebaut haben, ebenfalls.

Wer hier zehn Jahre regelmäßig einige Wochen lebt, gilt als Fremder, wer zwanzig Jahre kommt, wird vorsichtig angenommen, nach dreißig Jahren lernt man sich untereinander näher kennen.

Geschichten, wie man sich ein Haus baut, sind zahlreich und ausführlich geschrieben. Mit den kleinen und größeren Katastrophen, den sprachlichen Missverständnissen, den angeblich stets hilfsbereiten und liebenswürdigen Nachbarn. Vorwiegend unterhaltsam klingen die Schilderungen. Die Wirklichkeit sieht oft ganz anders aus. Der Italiener kann sehr freundlich sein, aber auch aufbrausend, streitsüchtig, sein Weg zum Gericht ist oft kurz.

Doch die Geschichten dieses Buches sind keine tiefschürfenden Charakterstudien, sondern mit leichter

Hand aufgezeichnete Begegnungen mit Bewohnern einer ländlich gebliebenen Region. Sie ernten ihren Wein, brennen ihren Grappa, gehen auf die Jagd, regeln am Abend in der Bar den Lauf der Welt. In vielen Tausend italienischen Dörfern verläuft das tägliche Leben ähnlich wie in Casanova Lerrone und seinen Ortsteilen Poggio und Marmoreo, wo die hier erzählten Geschichten ihren Ursprung haben. Da sie über einen längeren Zeitraum entstanden sind, hat sich inzwischen einiges verändert, aber alles hat sich ziemlich genau so zugetragen, wie es geschildert wird. Und bis auf wenige Ausnahmen sind auch die Namen authentisch.

E. M.

Alberto, der Geheimtipp

Wie nur kommt ein großer blonder Wikinger nach Italien?
Porca miseria, porca madonna. Albertos Ankunft wird durch eine Lawine von Verwünschungen begleitet. Alles scheint ihm schwerzufallen. Schon auf den ersten Treppenstufen hört man ihn stöhnen, jammern und fluchen. Wer ihn zum ersten Mal ins Haus lässt, könnte vermuten, einer jener ewig übel gelaunten, übergewichtigen und von Terminen gehetzten Handwerker habe sich widerwillig auf den Weg zu einem ungeliebten Kunden gemacht.

Und dann steht plötzlich ein durchaus fröhlich lächelnder Hüne auf der Türschwelle. Alberto, *l'elettricista.*

Allerdings kein gewöhnlicher Elektriker mit Werkstatt, Mitarbeitern oder gar Auftragsbuch. Alberto gibt es gar nicht, jedenfalls nicht als Handwerker.

Sein Name steht in keinem Telefonbuch und in keinem Branchenverzeichnis, sondern er wird als Geheimtipp mit Handy-Nummer per Mundpropaganda weitergereicht. Mit ähnlich verschwörerischem Unterton, wie die Anschrift einer Wahrsagerin oder der alten Frau verraten wird, die durch Handauflegen Schmerzen lindert.

Es wäre allerdings höchst ungerecht, Alberto auch nur in die Nähe von Kurpfuschern zu rücken. Er versteht sein Handwerk, auch wenn der erste Auftritt täuschen mag.

Das Auto, in dem er vorfährt, kann er nur im allerletzten Augenblick vor dem verdienten Ende in der Schrottpresse gerettet haben, und sein Werkzeug trägt er in zwei Plastiktüten. Niemand – schon gar nicht die Guardia Finanzia – käme allerdings auf den Gedanken, da sei jemand auf dem Weg zur Schwarzarbeit. Gekleidet ist Alberto nämlich in lässiger Eleganz, wie ein Urlauber, der kurz vor Antritt der Bildungsreise noch einige Besorgungen getätigt hat.

Und dieser Eindruck ist insofern verwunderlich, als Alberto in einem Wohnwagen lebt. Nicht etwa, weil er ein begeisterter Camper wäre, der das gemeinschaftliche Grillen nebst abendlichen Skatrunden mit den Nachbarn liebt. Ein Gräuel wäre ihm das. Sein Wohnwagen steht auch auf keinem Campingplatz, sondern in Bastia, einem kleinen Dorf vor den Toren der schönen alten Stadt Albenga.

Vor vielen Jahren, als er noch jung war, da lebte Alberto innerhalb der Stadtmauern, wie man zu sagen pflegt, in sehr guten Verhältnissen. Seine Familie besaß das größte Elektrogeschäft der Stadt, galt als wohlhabend. Aber wer so aussieht wie Alberto, groß und blond, der ist in bella Italia vielen Versuchungen ausgesetzt. Und Alberto erlag ihnen allen. Pferde, Frauen, Segeljacht, Autos, stets auch ein guter Tropfen.

Eine sehr schöne Zeit sei das gewesen, gesteht Alberto, wenn er ächzend und fluchend auf die Leiter steigt, in seinen Plastikbeuteln mit zittrigen Händen nach ei-

Alberto macht Licht.

ner Zange sucht, sich noch kräftiger fluchend in einer Kabelrolle verheddert, das gerade anstehende elektrische Problem für unlösbar erklärt, jedoch nach spätestens fünf Minuten stets eine Lösung findet.

Wer in Italien einen brauchbaren Handwerker sucht, der muss die Geduld und die Leidensfähigkeit eines indischen Fakirs haben. Wohl dem, der Alberto kennt und schnell schätzen lernt. Anruf genügt, und Alberto antwortet: *„O, come va, che piacere."* Aber leider, leider keine Zeit, so viel zu tun, so viele Freunde, die Hilfe brauchen. Doch am nächsten Morgen kommt er. Allerdings nicht vor zehn Uhr, dazu fluchend, ächzend und zugleich strahlend.

Die komplizierten Arbeiten müssen zuerst erledigt werden, denn ab 11 Uhr nehmen die *porca miseria* zu, eine halbe Stunde später lässt sich die Zange im Plastikbeutel nicht mehr finden, auch nicht mehr die irgendwo abgelegte Brille. Ab 12 Uhr fragt er alle zehn Minuten nach der Uhrzeit, blickt zugleich verdächtig oft nach der angebrochenen Weinflasche im Regal, um dann kurz vor 13 Uhr mit einem sehr tiefen Seufzer der Erleichterung zu verkünden: *„Vado a Maria, per mangiare un po'."*

Eine gute Stunde später signalisiert fröhliches Pfeifen Albertos Rückkehr. Die zuvor mühsam erklommene Treppe bewältigt er wie ein Spitzensportler, die Werkzeuge muss er in den Plastiktüten gar nicht mehr suchen. Zange und Schraubenzieher scheinen ihm zuzurufen: Hier sind wir! Und das Kabel rollt sich von alleine ab. Maria kocht nämlich nicht nur gut, sie stellt auch einen vorzüglichen roten Barbera auf den Tisch, und der ist die allerbeste arbeitsfördernde Maßnahme.

Die Installation der Satellitenschüssel hat sich Alberto wegen der energiespendenden Wirkung des Barbera für den Nachmittag vorgenommen. Und hatte er am Morgen noch ein wenig besorgt auf die Gipfel der Schornsteine geblickt, jetzt balanciert er wie ein Solotänzer auf dem First.

Bitte, bitte Alberto, *attenzione*, und die grässliche Schüssel darf auf gar keinen Fall von der Terrasse zu sehen sein. *„Si, si, si, niente paura."*

Als er pfeifend und singend auf die Erde zurückkehrt, ist die grässliche Schüssel wirklich nicht zu sehen, ja, nicht einmal zu finden. Alberto strahlt und verrät das Geheimnis: Er hat sie dem Nachbarn aufs Dach gesetzt.

Alberto, Alberto, *che porca miseria*.

Arbeit mit Beton
macht müde.

Aldo liebt Beton

Aldo ist überall bekannt, denn er singt bei jedem Dorffest der näheren und weiteren Umgebung mit Leidenschaft und wohlklingender Stimme von Liebe, Lust und Tod. Dazu spielt er mit gleicher Leidenschaft auf der Ziehharmonika.

Zwischen den Festen ist Aldo Bauer. Nicht etwa, wie man sich einen deutschen Landwirt vorstellt, der Gülle fährt und auf großen Feldern schnurgerade Furchen pflügt. Aldo besitzt mehrere Hundert Olivenbäume, dazu Weingärten und Gemüsebeete, und alles ist auf einige Dutzend Terrassen verteilt.

Bei Aldo einen freien Termin zu finden, ist ebenso schwierig, wie mit dem Papst oder dem Bundeskanzler ein Treffen zu vereinbaren, denn wenn im Herbst nicht gerade die Traubenernte alle Kräfte beansprucht, dann müssen im Frühjahr die saftigen grünen Weinblätter mit einer Giftmischung blau gespritzt oder die großen Holzfässer gewaschen oder im Winter die Oliven geerntet werden.

Aber am nächsten Freitag um 20 Uhr, da habe er Zeit, lässt Aldo durch seine Frau am Telefon bestellen, denn natürlich hat er keine Zeit, die Termine selber zu vereinbaren. Der Papst und der Bundeskanzler haben schließlich auch ihr Vorzimmer.

Aldo zu finden, ist nicht ganz einfach, schließlich sitzt er an einem schönen Junitag nicht schon um 20 Uhr im

Sessel und legt die Beine hoch. Das macht er auch nicht an einem regnerischen Wintertag, er macht es überhaupt nie, weil er dazu keine Zeit hat. Er besitzt nicht einmal einen bequemen Sessel, obwohl er sich durchaus, und zwar mühelos, eine ganze Ledergarnitur leisten könnte.

Stattdessen hat sich Aldo gerade ein wirklich schönes technisches Spielzeug gekauft: Eine Art Minipanzer, und auf den Panzerketten befindet sich ein badewannengroßer Behälter, in dem man Weintrauben und Oliven, Holz und vieles mehr transportieren kann. Das Wichtigste aber sind offensichtlich die zwei Dutzend Hebel, mit deren Hilfe der kleine Panzer alle möglichen Kunststücke vollführen kann, zum Beispiel schnell und vorwärts und rückwärts fahren. Und Aldo drückt die Hebel so geschickt wie die Tasten seiner Ziehharmonika.

Aber noch ist Aldo ja nicht gefunden, denn er muss auf irgendeiner seiner winzigen, mit Mauern aus Naturstein abgestützten Parzellen an irgendeinem Hügel aufgespürt werden.

Generationen von Vorfahren haben diese Terrassen angelegt und die erforderlichen Stützmauern trocken, das heißt ohne Verwendung von Mörtel, aus den Steinen der Umgebung mühevoll aufgerichtet. Das Ergebnis sind wahre Kunstwerke, nicht selten mehrere Meter hoch; und würden nicht die Jahrhunderte alten Olivenbäume ihre mächtigen Wurzeln durch die Mauern bohren, die ländlichen Wahrzeichen wären unzerstörbar.

Wie viele andere italienische Kleinbauern zieht jedoch auch Aldo das Praktische der Ästhetik vor. Warum mühsam in wochenlanger Arbeit Stein auf Stein schichten, sagt er sich, wenn doch eine große Ladung Beton genügt, um innerhalb von Stunden die festeste Mauer aller Zeiten zu gießen.

Die nahe Autobahnbrücke, die erbarmungslos durch das malerische Tal gezogen worden ist, bildet leider keine Abschreckung. Ein wenig ärgerlicher ist allerdings schon ein Gesetz, das neue Betonmauern verbietet, aber da der stellvertretende Bürgermeister ein enger Verwandter ist und in dieser Gegend selten oder nie eine Aufsichtperson durch die Terrassen steigt, um nach falschen Bauten oder gar nach dem Schuldigen zu fahnden, besteht wenig Anlass zur Sorge.

Immerhin ist Aldo inzwischen oberhalb der Straße zwischen Weinstöcken aufgespürt, wo er hastig hin und her läuft. „*Non posso*", ruft er, ich kann nicht, und ist bereits hinter der nächsten Terrassenmauer verschwunden. Die Eile ist ebenso ungewöhnlich wie der abwehrende, beinahe unhöfliche Empfang. Doch beim Näherkommen erklärt sich alles.

Zunächst deutet einiges auf ein Unglück hin, denn mitten auf der schmalen Zufahrt liegt ein mächtiger nasser Betonberg. Die Suche nach dem offenbar umgekippten und vielleicht den Abhang in die Tiefe gerollten Transportfahrzeug erübrigt sich jedoch, denn so viel Zeit, um diesen Glücksfall zu erklären, findet Aldo dann doch noch: Er habe gerade die Oliven gewässert, da sei der Fahrer mit einer Betonladung vorbeigekommen, die eigentlich für die Herstellung weiterer wunderbarer Betonstrommasten gedacht gewesen sei, aber kurz vor Feierabend habe er die restliche Ladung gerne loswerden wollen und sei schon auf dem Weg zum Fluss gewesen.

Diese Sünde konnte Aldo gerade noch verhindern, aber nicht etwa aus Mitleid mit der Umwelt, sondern weil er Beton immer gut gebrauchen kann. Statt im Fluss landete die graue Masse folglich mitten auf der Straße, und Aldo nahm im Schweiße seines Angesichts den Kampf gegen die Zeit auf.

Innerhalb einer Stunde würde das kostbare Geschenk seinem Namen alle Ehre machen, und so jagt er denn mit einer Schubkarre in diese und mit der nächsten in die andere Richtung. Hier wird eine sandige Abfahrt zu den Weinstöcken zubetoniert, dort der Eingang zu einem Hühnerstall in eine Autobahnauffahrt verwandelt. Und da im ländlichen Italien Natur im Überfluss vorhanden ist, fällt dieser kleine Eingriff wirklich nicht auf.

Am Vortag hatte Aldo mit Familie und Freunden ziemlich ausgiebig seinen 55. Geburtstag gefeiert, und man könnte vermuten, nach dem Zwölfstundentag wäre er nun doch etwas mitgenommen. Aber von Müdigkeit keine Spur. Kaum ist er zu Hause angekommen, muss er seinem Besuch zunächst die Ziegen vorstellen. Eine von ihnen hat drei Junge bekommen, ist von der Natur aber nur für die Versorgung von zweien ausgerüstet. Also muss mit Milch nachgefüttert werden.

Es ist allerdings die ganz große Ausnahme, dass sich im Haushalt eines echten ligurischen Bauern eine Flasche befindet, die nicht mit Wein gefüllt ist. Und noch ehe die Spaghetti auf dem Tisch stehen, hat Aldo bereits zwei Flaschen des selbst gemachten Rotweins entkorkt. Käme ein Gast auf den Gedanken, mit der Ausrede „Ich muss noch Auto fahren" das randvoll gefüllte Glas zurückzuweisen, diese Verweigerung würde als Brüskierung empfunden und könnte zum sofortigen Abbruch der Beziehungen führen.

Sollte ein Italien-Neuling aus den bescheidenen Wohnverhältnissen mit zwei kleinen Zimmern und der schmalen Küche den Schluss ziehen, bei einer offensichtlich ärmlichen Familie eingekehrt zu sein, die durch Annahme von Speis und Trank nicht zusätzlich geschädigt werden dürfe, so handelte es sich dabei um eine völlige Fehleinschätzung.

Das gilt jedenfalls für Aldo. Das große Ausflugslokal über der kleinen Wohnung gehört ihm nämlich ebenso wie mindestens ein weiteres Haus, das er gut vermietet hat, und der Landsitz mit Wein und Oliven ist ein Vermögen wert. Und was er zusätzlich besitzt, erzählt Aldo ohnehin nicht weiter, schon deshalb nicht, damit an höherer Stelle keiner auf den Gedanken kommt, er sei wirklich kein armer Mann und sollte womöglich noch mehr Steuern zahlen, als er für die Einnahmen abführt, die einfach nicht zu verheimlichen sind.

ANTONIO, ENTSPANNT BEIM ABEND-SPAZIERGANG

Antonio und die Banditen

Zum Frühstück zwei rohe Zwiebeln und vier Gläser Wein? Antonio, *che scherzo*.

Nein, kein Scherz, versichert Antonio. Jeden Morgen esse er zwei rohe Zwiebeln und trinke vier Gläser Wein.

Er übertreibt schon wieder, sagt Ehefrau Wanda. Das mit den Zwiebeln stimme, aber es seien lediglich zwei Gläser Wein. Höchstens drei und nur ganz selten vier.

Egal ob zwei, drei oder vier. Antonio ist immer bester Stimmung: *I tedeschi* wollen sich wieder in Italien aufwärmen, ruft er schon von Weitem. Nehmt euch, so viel ihr wollt, und gleich die Politiker, nehmt sie! Sind alles Banditen.

Wie jeder gute Italiener liebt Antonio Italien und hasst die Obrigkeit. Ob die in Rom oder in seiner Gemeinde. Und am schlimmsten seien die Carabinieri, faul und unfähig. *Al diavolo* sollte man sie schicken.

Der besondere Groll gegen die Ordnungskräfte ist neueren Datums. Wohl tausend Mal hat er die Geschichte erzählt, wie er abends vom Feld nach Hause kam, zwei Gestalten aus dem Haus rennen sah, wie er hinterherlief, sich einen packte, beide aber auf ihn einschlugen, ihm einen Arm brachen und in einem Auto davonjagten. Rot war es, und selbst die Nummer merkte sich Antonio. Aber die Carabinieri fassten die Diebe nicht. „*Imbecilli, idioti, scemi.*" – Leider sind die Ordnungshüter nicht in Hörweite.

Nach Einbruch und Überfall hängte Antonio ein großes Schild an seine Haustür. Darauf teilte er potenziellen neuen Dieben mit, dass es in seinem Haus nichts mehr zu holen gibt, weil die Kollegen schon da waren.

Das nächste Mal werde er auch gleich zur Flinte greifen, hat Antonio angedroht. Es könnte allerdings eine leere, sprich ungeladene Drohung sein, denn Antonio ist Pazifist, wahrscheinlich der einzige schießfähige Mann im Umkreis von fünfzig Kilometern, der das Jagen ablehnt. Die in Italien an hochgerüstete Partisanenkrieger erinnernden Jäger belegt Antonio mit den gleichen Koseworten wie die Carabinieri und die Diebe. Es ist daher zu bezweifeln, dass er überhaupt ein Gewehr besitzt. Eine entsprechende Frage beantwortet er aber nur ausweichend. Denn obwohl er einerseits seine schießwütigen Nachbarn als Barbaren bezeichnet, mag er andererseits nicht zugeben, dass ihm der wichtigste Bestandteil italienischer Manneswürde fehlt, nämlich das Gewehr.

Vielleicht hatten die *ladri* sogar gewusst, dass sie in ein unbewaffnetes Haus einsteigen. Alles andere wäre ausgesprochen leichtsinnig gewesen, denn es passiert in Italien immer wieder, dass Einbrecher bei „der Arbeit" überrascht und Jagdbeute des Hausherrn werden.

Wie bei den Carabinieri so hat Antonio auch bei den Jägern ein Schlüsselerlebnis, das seine Vorurteile und zugleich seine Abneigung bekräftigt. Eines Tages war Dino, der große schwarze Labrador, verschwunden. Da er schon in die Jahre gekommen und träge geworden ist, bewegt er sich nur ungern vom Hof, döst mit Vorliebe unter dem uralten Jeep, den er nachts als Schlafstätte nutzen darf. Zwei Tage lang halfen kein Rufen und keine Suche in der Nachbarschaft. Am dritten Tag machte sich Antonio auf in die Weingärten am Fuß der bewaldeten Berge, hörte jämmerliches Winseln und befreite seinen halb toten Dino aus den eisernen Fängen einer verbotenen Wildschweinfalle.

Nun könnte man meinen, Antonio sei als leidenschaftlicher Nicht-Jäger nicht nur ein Beschützer der so gründlich bejagten Wildschweine, Fasane und Singvögel, sondern ganz generell so etwas wie ein Schutzpatron für die gesamte Natur im schönen Tal der Lerrone. Doch leider ist diese Vermutung völlig falsch. Richtig ist vielmehr das Gegenteil. Der gute Antonio, der mit den Zwiebeln zum Frühstück und dem als Lebenselixier gerühmten Rotwein so viel für die eigene Gesundheit tut, behandelt seine Umwelt mit derartiger Grausamkeit, dass alles, was er über Carabinieri, Einbrecher und Jäger sagt, auch auf ihn selbst zutrifft. Und wäre er nicht wirklich *molto simpatico*, man müsste den Begriff *porcheria* unbedingt hinzufügen.

Ehe sich Antonio, wie in Italien üblich, in sehr rüstigem Alter in den Ruhestand verabschiedete, verdiente er sein Geld als selbstständiger Fuhrunternehmer. Mit einem Lastwagen und allerlei schwerem Baggergerät. Gleich unterhalb seines mächtigen Hauses hat er den Betriebshof eingerichtet. Er besteht aus einem halben Dutzend ganzer oder halber Fahrzeuge aller Art, aus Achsen und Reifen, aus Fässern und Paletten, aus Röhren, Eimern, Plastikplanen, Kühlschränken und Eisenteilen der unterschiedlichsten Gattung. Der Boden glänzt auch im trockensten Sommer ölig feucht. Bei den herbstlichen Regenfällen verlassen bunt schillernde Sturzbäche das Gelände und bahnen sich ihren schlammigen Weg hinunter zum Fluss. Auf dem Weg dorthin passieren sie weitere Autowracks und Fässer, die Antonio in seinen Gärten zwischengelagert hat. Einmal ist es ihm sogar gelungen, einen ganzen, nicht mehr benötigten Lastwagen an einer eigentlich unzugänglichen Stelle am Flussufer zu entsorgen. Er hatte aber übersehen, dass das hell leuchtende Blau selbst von der wild wuchernden Natur im Lerrone-Tal nicht als überdimensionales Vergissmeinnicht akzeptiert wurde, sondern als hässlicher Fremdkörper auch Kilometer entfernt unübersehbar war.

Wer genau Anstoß an diesem Frevel genommen hat, ist nie bekannt geworden. Nicht auszuschließen, wenngleich höchst unwahrscheinlich ist sogar, dass Antonio so etwas wie ein schlechtes Gewissen bekam. Eines Tages jedenfalls beseitigte er mit Hilfe seines größten Baggers den verräterisch leuchtenden Schandfleck.

Nun soll man sich hüten, einen Verdacht zu äußern, wenn es an Beweisen mangelt. Aber es fällt ausgesprochen schwer sich vorzustellen, dass Antonio das blaue Autowrack für viel Geld ordnungsgemäß entsorgt hat. Möglicherweise ist es ihm nur gelungen, ein besseres Versteck zu finden.

Und es ist wirklich derselbe Antonio, der zusammen mit seiner Wanda bei sommerlicher Hitze stundenlang in seinem großen Garten hackt und pflanzt. Wie mit dem Lineal gezogen stehen Artischocken und Tomaten, die Weinstöcke sind sauber beschnitten, der durchaus naturfreundliche Abfall aus trockenen Zweigen und verdorrten Blättern wird sorgfältig verbrannt. Am Abend bleiben kein Spaten und keine Hacke stehen.

„*Buona sera, tedeschi*", ruft es aus der Dunkelheit. Inmitten seiner kleinen Schafherde macht Antonio seinen Abendspaziergang. Hat inzwischen den zwei, drei oder vier Gläsern Rotwein vom Frühstück zum Mittagessen und zum Abendbrot jeweils die gleiche Menge folgen lassen, hat den Strohhut verwegen in den Nacken geschoben, schimpft schon wieder über die Obrigkeit, weil deren Mitarbeiter die Straße vor seinem Haus aufgerissen und die neuen Entwässerungsrohre eindeutig in die falsche Richtung verlegt haben.

Seine Schafe, das seien die mit Abstand klügsten Geschöpfe in der ganzen Gegend, ausgenommen natürlich er, Antonio, dazu auch seine Wanda und selbstverständlich *i tedeschi*.

Buona notte, buona notte, und die Schafe knabbern zufrieden auf dem großen grünen Hügel am Straßenrand. Darunter verbergen sich neben einer Ladung alter Steine mehrere Achsen und bereifte Felgen eines ausgeschlachteten Lastwagens. Der Umweltsünder ließe sich mühelos ermitteln. Man frage die Schafe.

Domenico, Weltmann mit Charme

Alle suchen Domenico

Angeblich sind alle Menschen zu ersetzen. Für Domenico gilt das nicht.
Jeder Deutsche, der im Tal der Lerrone eines der alten Häuser aus Naturstein ausbauen will, landet unweigerlich bei Domenico. Auch wer einen alten Schrank oder einen Mühlstein sucht. Wenn die Jäger möglichst viele Wildschweine aufspüren wollen, ist Domenico mit seinem Hund gefragt, und wenn Polizei, Krankenwagen und Feuerwehr Richtung Marmoreo jagen, dann hat Domenico den Anlass geboten. Und keine Frage wird so häufig gestellt wie die: Hat jemand Domenico gesehen? Der Gesuchte ist zwar überall, aber zugleich auch nirgends.

Jeder Italiener mit einer Spur von Selbstbewusstsein hat natürlich ein *telefonino*, ausgerechnet Domenico hat keins. Weil er nämlich nicht gefunden werden will. Sitzt er abends an seinem Stammplatz in der *Primo Sole** und das Telefon klingelt, dann sind 50 Prozent der Anrufe für ihn bestimmt. „*Domenico, telefono*", ruft Camilla oder Marisa. Und in noch einmal 50 Prozent der Fälle macht Domenico eine unwirsche Handbewegung, und der Anrufer erhält die Auskunft: „*Domenico non c'è.*" Natürlich weiß der Suchende am anderen Ende der Lei-

---
* Da die Sonne im Italienischen männlich ist, müsste es eigentlich „der Primo Sole" heißen. Doch das sagt kein Deutscher im Lerrone-Tal. Alle sagen „die Primo Sole".

tung, dass Domenico an seinem Stammtisch sitzt und die abwehrende Handbewegung macht. Und er weiß auch, dass er sie in gewissem Sinne verdient hat. Denn zu den vielen Fertigkeiten, über die Domenico verfügt, gehört das Hellsehen.

Obwohl weder Camilla noch Marisa verraten, von wem er verlangt wird, scheint Domenico am Klingelzeichen zu erkennen, ob ihn ein angenehmes oder ein lästiges Gespräch erwartet. Wer will es ihm auch verübeln, wenn er nach den ersten Bissen der Vorspeise wirklich keine Lust auf den Kölner Studienrat hat, der nörgelnd wissen will, warum schon wieder ein Termin nicht eingehalten und sein *rustico* noch immer nicht bewohnbar ist?

Wie soll der Quengler auch wissen, dass Domenico drei Häuser gleichzeitig baut, aber nur über vier Arbeiter verfügt, die er von einer Baustelle zur anderen jagt. Jeweils dorthin, wo ein *tedesco* mit der Anreise droht.

Er habe aber doch versprochen, Ostern werde alles fix und fertig sein? Derart vorwurfsvolle und zugleich naive Fragen kann wirklich nur ein deutscher Bauherr stellen. Natürlich hat Domenico Ostern gesagt. Doch er hat nicht gesagt, in welchem Jahr.

Trotz dieser und manch anderer Schlitzohrigkeit gehört Domenico zu den soliden und zuverlässigen Bauunternehmern im Lerrone-Tal. Was er annimmt, das führt er auch zu Ende. Nie zum versprochenen Termin, aber dafür arbeitet er sorgfältig und preiswert. Weil nämlich keine Verwaltungskosten und zuweilen oder oft oder nie Steuern anfallen.

So kostenbewusst wie Domenico kann nur ein italienischer Unternehmer arbeiten. Das beginnt mit dem Dienstwagen. Kein Stern schmückt ihn und kein anderes Statussymbol. Sein Markenzeichen sind Beulen, ein paar Zettel, Werkzeug, volle und leere Zigarettenschachteln, und auf der Fußmatte liegt als ständiger Begleiter ein echter englischer Jagdhund. Spezialisiert auf das Aufspüren von Wildschweinen. Das Auto ist für Domenico Transportmittel und Büro zugleich, hin und wieder aber auch eine lebensgefährliche Angelegenheit. Manchmal nämlich passiert Merkwürdiges. Etwa mit einer der zahlreichen, sehr robusten und genau so hässlichen Betonwände. Solange Domenico die Straße von der *Primo Sole* zu seinem Haus benutzte, stand die Wand ordnungsgemäß an der Bergseite. Eines Abends jedoch hatte sie sich quer über den Weg gestellt. Der Zusammenprall war derart heftig, dass sich die vielen Beulen des Autos vereinigten, keine Tür ließ sich mehr öffnen, das Treffen von Beton und Blech riss das halbe Dorf aus dem Schlaf.

Jemand rief *aiuto*, Explosion, Terror, und alle Hilfsorganisationen nebst Polizei und Krankenwagen eilten blinkend und heulend zum Ort der vermeintlichen Katastrophe.

Es sei alles in bester Ordnung, versicherte ihnen Domenico aus seinem mit der Betonmauer eng verbundenen Auto heraus. Er wolle jetzt endlich nach Hause fahren.

Drei Tage später saß er schon wieder auf seinem Stammplatz in der *Sole*, mit einem sauber genähten Riss über der Schläfe, mit vielen blauen Flecken und sogar mit Führerschein. Denn da er schon so viel Blut verloren hatte, ersparten ihm die Carabinieri die wirklich fällige Blutprobe. Es war schließlich niemand ernsthaft zu Schaden gekommen, auch die Betonmauer stand plötzlich wieder an ihrer vorgeschriebenen Stelle, und die Hilfsorganisationen wollten immer schon einmal eine nächtliche Übung mit Explosion und Terror veranstalten.

Wer über dieses dramatische Ereignis mehr als eine nüchterne Inhaltsangabe erfahren möchte, der muss sich die Geschichte von der Hauptperson erzählen lassen. Der beste Einstieg ist die Frage, woher denn jene Narbe über der Schläfe stamme. Darauf liefert Domenico eine Schilderung, die so anschaulich ist, dass der Zuhörer anschließend schwören würde, er habe auf dem Beifahrersitz gesessen und das Ganze persönlich miterlebt.

Auf Wunsch kann Domenico sogar eine deutsche Version liefern, und zwar eine verständliche. Er hat nämlich elf Jahre lang in Deutschland gelebt. Nicht deshalb, weil ihn das Wirtschaftswunder lockte, sondern weil er zu Hause das Familienleben satthatte. Hals über Kopf, so jedenfalls wird erzählt, habe er sich davongemacht. Was ihm gewiss nicht leichtgefallen ist, denn in Marmoreo ist er geboren, hier kennt er alle und alle kennen ihn, hier hat er ein Haus, auch Landbesitz und genügend Beschäftigung ohnehin.

Man kann sich vorstellen, dass es eine sehr dramatische Geschichte gewesen sein muss, die Domenico einst in die Fremde vertrieb, und obwohl er gerne Geschichten erzählt, lässt er sich über die Zeit im deutschen Exil nur wenige Einzelheiten entlocken. Dies liegt auch daran, dass wieder einmal Frauen eine wichtige Rolle spielten. Wie so oft in Domenicos Leben. Und daran hat sich auch nach seiner Rückkehr nicht viel geändert. Er mag von einem langen Arbeitstag auf drei Baustellen noch so zerknittert, unrasiert und ungewaschen am Padrone-Tisch der *Sole* seine Suppe löffeln, eine Zigarette an der anderen anzünden und nebenbei den mäßig anspruchsvollen Rotwein trinken, die begehrlichen Blicke vom feinen Touristentisch sind nicht zu übersehen.

Obwohl Domenico mehr die jüngeren Blondinen bevorzugt, spielt er im Notfall auch schon einmal bei der reiferen Dame den Kavalier. Sehr diskret, versteht sich. Und nur, wenn ihm wirklich Ungewöhnliches widerfährt und die Geschichte zu schön ist, dann schildert er zweisprachig, was ihm im Doppelbett der deutschen Lady passiert ist. Ausgesprochen scheu sei die Dame am Abend gewesen, doch in der Nacht sei ihm jemand heftig mit der Zunge über das Gesicht gefahren, und als er zurückstreichelte, da habe er sich über das struppige Fell gewundert. Der Neufundländer hatte seinen Stammplatz besetzt gefunden und von der Bettkante aus versucht, den Konkurrenten freundschaftlich, aber mit Nachdruck zu vertreiben.

Da Domenico alle Häuser im Tal der Lerrone von außen und viele aus unterschiedlichen Anlässen auch von innen kennt, ist er nicht nur als Baumeister, sondern auch als Informationsquelle unersetzlich. Wer ein *rusti-*

co kaufen möchte, dem kann er jederzeit ein Dutzend Objekte anbieten. Er weiß, welcher Architekt gut und welcher *mafioso* ist, und er verblüfft selbst eine perfekte Hausfrau mit allen Einzelheiten für die Zubereitung eines Wildschweinbratens.

Wer so gefragt und so unentbehrlich ist, der muss gehetzt durch den Tag eilen. Und die Eile wiederum führt dazu, dass immer wieder zu hören ist: Wer hat Domenico gesehen? Gerade noch war er in der Bar von Casanova Lerrone, nahm am Tresen einen *caffè*. „Er ist in der Bar", heißt es dann. Doch Domenico scheint zu ahnen, dass sich sein Aufenthaltsort herumgesprochen hat. Klingelt das Telefon, ist er „gerade wieder weg". Dr. Kimble war auf seiner ständigen Flucht nicht schneller.

Erst am Abend kommt Domenico zur Ruhe, am Padrone-Tisch der *Primo Sole* isst er seine Minestrone, raucht seine Zigaretten, trinkt ein Glas Wein und mindestens zwei weitere, erzählt seine Geschichten, schimpft gewaltig über den Papst und alle Politiker, will nichts von nörgelnden Bauherren wissen und behauptet nach wie vor, die Betonmauer habe damals wirklich quer zur Straße gestanden.

Und eines Abends, man glaubt seinen Augen nicht zu trauen, zieht er tatsächlich ein *telefonino* aus der Tasche.

Gianfranco und der Schlaf

Gianfranco ist immer müde, und Gianfranco ist immer wach, und der Grund ist leicht erkennbar, denn vor allem an milden Abenden sitzt er oft genug bis kurz vor Mitternacht an einem der drei Tische, die Martino vor sein Ristorante in Casanova Lerrone gerückt hat, und vergisst, dass er gleich aufstehen muss. Nicht etwa, um ins Bett zu gehen, sondern um mit dem Brötchenbacken zu beginnen.

Aber ganz ohne Schlaf kommt Gianfranco auf Dauer natürlich nicht aus, und wenn die mächtigen Glocken des nahen Kirchturms mit einem Klang, der wie Donnerhall durch Dorf und Tal jagt, den neuen Tag ankündigen, dann hört Gianfranco keinen der zwölf Schläge. Er müsse nun einmal schneller und tiefer schlafen als andere, pflegt er auf die Frage zu antworten, wie er mit drei Stunden Nachtruhe auskomme.

Um drei klingelt sein Wecker mit Sirenenstärke, und wie zerknittert und zerschlagen Gianfranco zu dieser Zeit aussieht, lässt sich erahnen, wenn man ihn um acht Uhr beim Verkauf der Brötchen im Laden trifft. Das Einzige, was ihn an diesem toten Punkt seines 21-Stunden-Tages wachhält, das ist die Zigarette im Mundwinkel. Schneidet er hundert Gramm *prosciutto cotto* auf, dann legt er die Zigarette nicht in den Aschenbecher, sondern irgendwo zwischen die Gläser mit bunt eingewickelten Bonbons oder auf einen Eierkarton. Hat er den Schinken eingepackt, dazu fünf Brötchen abgewogen und ein Stück Butter aus dem Kühlschrank geholt, findet er die alte Zigarette nicht wieder und zündet sich eine neue an, und während er erneut Schinken schneidet und Brötchen abwiegt, steigt zwischen den Eierkartons eine Rauchwolke empor.

„Porca miseria!", ruft Gianfranco dann und drückt mit dem Daumen die Feuerstelle aus.

Man könnte meinen, wer so wenig schlafe wie er, der wäre stets mürrisch und reizbar. Aber Gianfranco lacht selbst dann, wenn er vor Müdigkeit kaum noch die Zigarette im Mundwinkel halten kann.

Völlig falsch ist allerdings die Vermutung, er gehöre zu den Menschen, die durch Selbstkasteiung Aufsehen oder Mitleid erregen wollen. Gianfranco würde nur zu gerne jede Nacht sechs oder gar acht Stunden schlafen, aber dazu hat er wirklich keine Zeit, denn er ist nicht nur Bäcker, sondern auch Kaufmann und Bote und Vater und Gartenbesitzer und Jäger und Pilzsammler und noch einiges mehr.

Die meisten dieser Beschäftigungen machen ihm wenig Spaß, sodass er – gerade 40-jährig – schon sehnsüchtig vom Ruhestand spricht, obwohl er genau weiß, dass dieser Traum noch in weiter Ferne liegt. Ob er ihn bei einer Verwirklichung genießen würde, darf allerdings bezweifelt werden, denn Gianfranco macht zwar stets einen müden, aber doch keinen unglücklichen Eindruck, selbst dann nicht, wenn die Brötchen fertig sind, der tote Punkt im Tagesverlauf erreicht ist und dennoch das Geschäft geöffnet werden muss.

Es ist nicht etwa ein Supermarkt oder auch nur etwas Ähnliches, in dem der Chef seine Angestellten bedienen lässt. Gianfranco ist Chef und Personal in einer Person, und erschwerend hinzu kommt eine Kundschaft, die eher betreut als bedient werden muss. Da die Erwerbstätigen von Casanova Lerrone schon früh zur Arbeit in die nahen Küstenstädte Albenga und Alassio gefahren sind, wird der Ort zur eigentlichen Geschäftszeit von den alten Frauen beherrscht. Für sie ist das Einkaufen der Höhepunkt des Tages, und den wollen sie genießen. Wie sich die Männer in Martinos Ristorante treffen, so kommen die Frauen zu Gianfranco. Schon ehe er am Morgen den quietschenden Rollladen aufzieht, sitzen einige bereits wie große schwarze Vögel auf der Steinmauer neben dem Laden, regeln erst den Lauf ihrer kleinen Welt und schlurfen dann auf steifen Beinen zwischen den Regalen umher, picken scheinbar wahllos ein Glas oder ein Päckchen heraus, tragen es, Unverständliches murmelnd, doch wieder zurück und wählen stattdessen andere Beute.

Müde und wach zugleich, die Zigarette im Mundwinkel, steht Gianfranco hinter der Ladentheke, hört das Telefon Alarm klingeln, sieht die schwarzen Vögel schlurfen und picken und murmeln, wühlt auch noch in zwei Dutzend Notizzetteln, auf die er Bestellungen geschrieben hat, die sein Vater zusammenträgt und in zerschlissene Kartons packt. Noch vier Stunden bis zur Mittagspause.

Dann wird Gianfranco die bestellten Waren im Tal ausliefern, auf der Rückreise beim Großhändler einkaufen und gerade rechtzeitig zur Wiedereröffnung des Geschäftes zu Hause sein.

Dann wird er auch den müden, toten Punkt überwunden haben, der jetzt seine ohnehin schweren Augenlider noch schwerer macht. „Hast du deinen Mann auch so umständlich gesucht wie die Mayonnaise?", fragt Gianfranco im Dialekt, dessen Üs und Ös die Nähe zum französischen Sprachnachbarn erkennen lassen, und die alten Frauen kichern wie Backfische, und eine antwortet mit noch mehr Üs und Ös: „Am liebsten würden wir doch dich nehmen." Ein Kompliment, das auf Gianfranco belebend wirkt wie eine Stunde Schlaf.

Aber leider, leider sind es nur die alten schwarzen Vogelfrauen, die auf Gianfranco fliegen. Die aber taugen nicht für das Nest, in dem er sich nun schon seit vielen Monaten allein wärmen muss.

Endgültig leer wurde es unter ziemlich dramatischen Umständen, als an einem dunklen Herbstabend ein großer fremder Lieferwagen mit der Rückseite so dicht an den Hauseingang rangierte, dass weder von der Straße noch aus einem der benachbarten Häuser zu beobachten war, wer das Fahrzeug verließ oder was ein- und ausgeladen wurde. Heftige Bewegungen sowie gedämpftes Gepolter ließen jedoch keinen Zweifel daran, dass jemand schwere Stücke aus dem Haus in das Fahrzeug transportierte.

Zwei, drei Stunden mochten seit der Ankunft des Autos vergangen sein, da sah man einige Gestalten, hörte noch einige Worte, Türen klappten, und der Wagen fuhr ab.

Natürlich gab es an den nur einen Steinwurf entfernt stehenden Tischen in Martinos Ristorante schon einige Bemerkungen zu der mysteriösen Angelegenheit, aber volle Erklärung lieferte Gianfranco selbst, als er wie gewohnt kurz vor 22 Uhr seinen *caffè* bestellte.

Müder noch als an anderen Abenden sah er aus, und das schwarze Haar stand ihm wirr um den Kopf. Jeder der anwesenden Männer ahnte etwas, aber keiner fragte. Man blickte weiter auf den bunten lauten Fernsehapparat, trank seinen Wein und Gianfranco seine Tasse tiefschwarzen *caffè*.

Erst als er zum Bezahlen an den Tresen tritt, sagt er wie beiläufig: „*è finito*", und jeder weiß, was er meint. Seine Frau, die aus Tschechien stammt, war endgültig abgereist. Ihr Vater hatte sie mit ihrem Besitz und dem jüngeren der beiden Söhne abgeholt.

Für niemanden kam dieses Ende überraschend. War es doch kein Geheimnis geblieben, dass Gianfranco schon zweimal einen neuen Nicht-Schlaf-Rekord aufgestellt hatte, um seine in die Heimat entflohene Angetraute wieder zurückzuholen. Und wie andere im Dorf stolz berichten, dass sie ein kapitales Wildschwein geschossen oder besonders große Steinpilze gefunden haben, so erzählt Gianfranco von seinem doppelten Auto-Marathon Richtung Prag. Vierzehn Stunden hin, Frau und Kind eingeladen und vierzehn Stunden zurück, dann in die Backstube, dann in den Laden und dann wirklich sehr, sehr müde irgendwo eingeschlafen.

Nun heißt *finito* natürlich nicht, dass Gianfranco seine drei nächtlichen Schlafstunden bis an sein Lebensende im *letto freddo* verbringen will, aber Ersatz ist im abgeschiedenen Casanova Lerrone nicht leicht zu finden, schon gar nicht, wenn die Zeit zum Suchen fehlt. Außerdem gibt es immer noch den rüstigen Vater, mit dem Gianfranco das riesengroße Haus teilt, mit der Backstube im Keller, dem Laden im ersten und mit einem halben Dutzend teils selbst bewohnter, teils vermieteter Räume in zwei weiteren Stockwerken.

Und wie gemunkelt wird, soll nicht der freundliche, wenngleich ewig müde Gianfranco der Anlass für den wiederholten Auszug der nun endgültig geflüchteten Ehefrau gewesen sein, sondern der Alt-Padrone. Ob der nun wirklich auf schnippische Bemerkungen seiner Schwiegertochter jähzornig mit Ohrfeigen zu antworten pflegte, lässt sich nach dem Vollzug des *finito* allerdings nicht mehr ermitteln. Der Fall ist abgeschlossen.

Ob er nun glücklicher oder unglücklicher als vor dem *finito* ist, darüber spricht Gianfranco nicht. Äußerlich deuten jedenfalls keine Indizien auf innere Veränderungen hin. Er schneidet den Schinken in die gleichen hauchdünnen Scheiben, er lässt sich auch beim dritten Umtausch der gerade berechneten Biskuit-Packung trotz klingelndem Telefon nicht aus der Ruhe bringen, und er sagt beim Löschen des verlorenen Zigarettenrestes sein *„porca miseria"* so fröhlich, als wäre es kein Fluch, sondern eine Liebeserklärung.

Manchmal allerdings, wenn inmitten der alten, schwarzen Vogelfrauen zwischen den Regalen auch einmal ein bunter Schmetterling flattert, dann blicken Gianfrancos müden Augen plötzlich auffallend wach, er nimmt die Zigarette aus dem Mundwinkel, streicht die wirren schwarzen Haare glatt und hat gedankenverloren schon *due etti* Schinken aufgeschnitten, obwohl doch nur *un etto* verlangt worden war.

Und wenn daraufhin eine der alten Vogelfrauen ruft: „*Gianfranco, svegliati*", wach auf, dann lacht er verlegen und steckt sich zum Schutz schnell eine neue Zigarette in den Mundwinkel.

GIANFRANCO,
EINMAL HELLWACH

Casanova Lerrone
mit Kirchturm und
Ape vor dem Schloss

Martinos schönster Platz

Man muss Martino sitzen sehen, um zu begreifen, wie Ruhe, Zuversicht und Abklärung verkörpert werden können. Und da Martino weiß, dass seine Stärke im Sitzen liegt, dass es seine ohnehin große Autorität weiter stärkt, dazu seinen Wohlstand und zusätzlich die Zufriedenheit mit sich selbst und seinem Dasein, deshalb pflegt er das Sitzen mit einer Ausdauer, der man nur Bewunderung zollen kann.

Kaum ist am Morgen die Sonne über die nahen Berge geklettert, und seine Mitbürger in Casanova Lerrone erheben sich, um irgendeiner Beschäftigung nachzugehen, dann steht Martino auf, um sich möglichst schnell wieder zu setzen. Nicht etwa hinter einen Schreibtisch oder ein Lenkrad, sondern Martino nimmt den aus seiner Sicht schönsten Platz der Welt ein. Und der liegt direkt vor seiner Haustür. Diese Tür gehört zu keinem gewöhnlichen Haus, sondern zu einem *Ristorante*, und dessen Besitzer ist – man ahnt es schon – kein anderer als Martino.

Damit ist die Kulisse des schönsten Platzes der Welt genannt. Aber wenn Martino am Morgen vor die Tür tritt, mit dem Ärmel den Tau und den Staub von einem der rostigen Rohrstühle wischt und sich vor Zufriedenheit ächzend niedersetzt, sodass sich die Stuhlbeine wie die Räder eines überladenen Autos spreizen, dann gönnt er seinem Ristorante natürlich nur den Rücken. Welcher Schauspieler würde sich von seinen Zuschauern abwenden – und Martinos Auditorium ist die an seinem Sitzplatz vorbeiführende Straße.

An dieser Stelle könnte ein lärm- und stressgeplagter Tourist die Frage stellen, wie eine staubige, stinkende Straße den schönsten Platz der Welt darstellen könne. Man kann nur hoffen, dass der Betreffende nicht mehr Italienisch spricht als die zum Überleben notwendigen Worte: *vino, birra, cappuccino* und *polizia*. Es ist nämlich nicht auszuschließen, dass Martino die Kränkung seines schönsten Platzes der Welt nicht mit dem beschriebenen Gleichmut hinnehmen könnte, geht doch das Gerücht, er sei in jungen Jahren ein rechter Heißsporn gewesen, dem keiner ungestraft etwas sagen durfte.

Wahrscheinlicher aber ist, dass Martino nur *„pazzo"* murmelt, es sich auf dem bedenklich knarrenden Stuhl noch ein wenig bequemer macht und mit den Überlegungen beginnt, ob er wohl schon über die Energie verfügt, wieder aufzustehen, die Straße etwa zwanzig Meter schräg in Richtung Berge zu überqueren und beim *panettiere* Gianfranco zwei große Brötchen abzuholen. Das eine belegt mit einer nicht zu dünnen Scheibe *prosciutto cotto*, das andere mit einer suppentellergroßen Scheibe Mortadella.

Dieser erste Versuch, so kurz nach dem Aufstehen ein zweites Mal auf die Beine zu kommen, schlägt meistens fehl. Dafür gibt es mehrere Gründe. Schon wenn jemand aufstehen will, während ihn etwa drei Zentner Körpergewicht auf den Stuhl drücken, dann gehört dazu eine gewisse Willensstärke. Wenn sich aber jemand bei gleichem Gewicht eigentlich gar nicht richtig erheben möchte, dann wird aus dem Auf-die-Beine-kommen eine wirkliche Herkulesarbeit.

Da Martino den für ihn schönsten Platz der Welt besonders liebt, plagt ihn bei aller Zuversicht und Zufriedenheit doch ein wenig die Angst, es könnte sich angesichts des ständigen Wandels in der Welt auch vor seiner Tür etwas ändern. Daher prüft er jeden Morgen, ob sich gegenüber dem Vortag etwas verändert hat.

Wie gründlich diese Kontrolle ausfällt, lässt sich von einem Außenstehenden verständlicherweise nur erahnen. Genaue Auskunft könnte allein Martino geben, aber auf eine solche Schilderung müsste man mindestens bis zum Anbruch der Ewigkeit warten. Denn erstens sitzt Martino lieber, als dass er spricht, zweitens redet er schon gar nicht über Bereiche, die kurz vor der Philosophie liegen, und drittens weiß er vermutlich gar nicht, dass er jeden Morgen seine Umgebung auf Veränderungen absucht.

Man muss sich diesen Kontrollblick auch nicht so vorstellen, dass Martino ganz gezielt erst geradeaus schaut, um festzustellen, ob der sich den Berg hochziehende Kiefernwald noch vorhanden ist, und dann den Kopf dreht, um zu prüfen, ob das seinem Ristorante schräg gegenüberliegende, gelb abblätternde Rathaus vielleicht durch ein nächtliches Wunder den seit fünfzig Jahren notwendigen neuen Anstrich erhalten hat.

Er blickt vielmehr einfach aufs Geratewohl über die zugegeben nicht sehr schöne Straße mit der meterhohen Steinmauer, hinter der es mäßig steil hinab ins Tal geht und vor der einige Bäume unbekannter Abstammung ums Überleben kämpfen. Sollte er den Kopf unbewusst etwas heben, sieht er den Kirchturm, der aus der Ferne mehr verspricht, als der ganze Ort aus der Nähe hält; wandert sein Blick ziellos nach rechts, sieht er die Straße im Schutze einer haushohen Betonwand Richtung Bergwelt abbiegen.

Obwohl Martino noch sehr viel mehr sieht, verstreicht doch höchstens eine Sekunde, bis er weiß, ob sich irgendetwas verändert hat. In aller Regel ist das nicht der Fall, er lehnt sich dann erleichtert zurück, blickt beinahe zärtlich auf die Katzen, die um die leeren Weinflaschen streichen, als wollten sie sich am süßlichen Duft des Bodensatzes berauschen, betrachtet die trockenen Geranien in den Blumenkästen so liebevoll, als wären es taufrische Rosen, stört sich weder an den halb aufgelösten Kartons noch an den löchrigen Stoffresten, die sich in besseren Zeiten Handtücher nannten.

Da Martino schon seit einigen Jahrzehnten auf seinem Stuhl sitzt, müsste eigentlich gar nicht erwähnt werden, dass er jeden Menschen kennt, der die nicht allzu befahrene Straße passiert. Sei es als Fußgänger, sei es im Auto oder auf dem Fahrrad. Und „kennen" heißt nicht etwa, nur mit Namen, Beruf und Wohnort vertraut zu sein; es sind gläserne Wesen, die Martino bei jedem „*buon giorno*" vor sich sieht. Er kennt die finanziellen Verhältnisse, und er kennt die großen und kleinen Sünden aller Verwandten. Es geht oder fährt daher nicht nur ein Mensch an Martino vorbei, sondern eine ganze Familiengeschichte mit ebenso vielen dramatischen Höhepunkten, wie sie das nie abgestellte Fernsehgerät im Ristorante bietet.

Und wie Martino beim morgendlichen Rundblick offenbar in einer Sekunde erkennt, ob sich die Welt verändert hat, so reicht die Zeit vom Erscheinen eines ihm gut bekannten Menschen bis zu dessen Verschwinden hinter der Straßenbiegung, um dessen gesamte Familiengeschichte mit allen Höhen und Tiefen vor seinem geistigen Auge ablaufen zu lassen. Und obwohl man davon ausgehen kann, dass er alle Geschichten kennt, scheinen sie ihm bei dem Vorbeiziehen vermutlich wieder so neu, als habe er sie gerade zum ersten Mal erfahren.

Und da am Tag mehrere Hundert Menschen an Martino vorbeiziehen, kann man sich vorstellen, warum er auf dem Stuhl vor seinem *ristorante* am aufregendsten Platz der Welt sitzt.

Etwa eine Stunde mag sich Martino seinen Lieblingsbeschäftigungen, dem Sitzen und dem Sehen, gewidmet haben, dann werden die Versuchungen aus Gianfrancos *panetteria* immer verlockender. Es sind ja nicht nur die angenehmen Düfte, die herüberwehen; die Verführung ist auch sichtbar: Ein halbes Dutzend glänzend herausgeputzter Schulkinder ist schon aus dem Verkaufsraum gekommen, mit Brötchen fast so groß wie der Schulranzen, aber nicht etwa trockene, sondern der *prosciutto cotto* oder die *salame* oder die *mortadella* hängen weit über die Ränder.

Was Martino veranlasst hat, ziemlich plötzlich aufzustehen und die Straße in Richtung *prosciutto, salame, panini* und *focaccia* zu überqueren, könnte natürlich nur er selbst erklären. Zu vermuten ist, dass er sich mit einem kleinen Trick in Bewegung gesetzt hat, nämlich dadurch, dass er sich einredete, es würde gleich ein Bus um die Ecke biegen, hundert Schulkinder freilassen, die alle zu Gianfranco stürzen, um in drei Minuten sämtliche Brötchen, den gesamten Schinken und sogar die Riesenmortadella aufzukaufen. Diese imaginäre Katastrophe muss verhindert werden!

Wenn Martino mit seinem Riesen-*panino* und der mit weiß glänzenden Fettpunkten blassrosa hervorquellenden Mortadellascheibe wieder an seinen Platz zurückgekehrt ist, dann ist dies das Zeichen für die offizielle Öffnung des *ristorante*: Die ersten Gäste kommen. Zwei Männer, einer von rechts, der andere von links. Sie scheinen wie auf ein geheimes Kommando zu einem Morgenspaziergang aufgebrochen zu sein, treffen wie zufällig am Eingang zum *ristorante* aufeinander, murmeln sich und Martino ein „*giorno*" zu und sind im Halbdunkel des Schankraumes verschwunden. Für Martino ist das der Beginn des Arbeitstages.

Man muss den Blick gesehen haben, mit dem er sich von der Außenwelt verabschiedet: Lebt wohl, ihr grünen Hügel, ihr Weinflaschen, ihr Katzen und ihre Blumentöpfe. Bedauert mich, den nun die Pflicht ruft.

Völlig unbegründet sind allerdings Vermutungen, Martino müsste jetzt hinter der Theke stehen oder schwere Bierkrüge umhertragen. Der Beginn des Arbeitstages besteht lediglich darin, dass er seinen Sitzplatz von draußen nach drinnen verlegt. Für die Bedienung der Gäste ist seine Frau zuständig. Klein und grau, in Socken und Filzpantoffeln, dazu von Arthrose geplagt, füllt sie ein und trägt aus, während Martino sitzt, ein Gläschen mittrinkt, den Lauf der Welt im Allgemeinen und die Neuigkeiten von Casanova Lerrone im Besonderen erörtert, gleichzeitig durch die geöffnete Tür die Straße beobachtet, jedenfalls so lange, bis ihm die Augen zufallen. Da seine Sitzhaltung dabei unverändert bleibt und sich der Kopf mit dem vollen weißen Haar nur unwesentlich nach vorne neigt, fällt kaum auf, dass Martino sich kurzfristig in sich selbst zurückgezogen hat. Spricht ihn während dieser Ruhepause jemand an, zuckt er nicht etwa erschrocken wie ein ertappter Sünder zusammen, sondern antwortet so, als habe er sämtliche Gespräche mitverfolgt, und zwar nicht nur die an den Tischen geführten, sondern auch die aus dem Fernsehgerät dröhnenden. Einiges spricht dafür, dass Martino nur dann den Untergang seiner schönen Welt vermuten würde, wenn das ohrenbetäubende Geschrei auf dem Bildschirm plötzlich verstummen sollte.

Da Martino nicht nur ein in sich ruhender und damit Zuversicht verbreitender, sondern auch ein gutmütiger Mensch ist, den man nicht unnötig kränken mag, ist es kein Zufall, dass erst jetzt, da der *padrone* sein nach langem schweren Sitzen verdientes Nickerchen einlegt, ein vorsichtiges Wort über die Qualität des erwähnten *ristorante* gesagt wird.

Schon die Bezeichnung *ristorante* ist einigermaßen geschmeichelt, denn gegessen wird dort außer den von Martino geholten Schinkenbrötchen nur bei besonderen Anlässen. Etwa dann, wenn zum Jahreswechsel zwei Dutzend bleicher und ausgemergelter, aber reich mit Schmuck behängter *signore* und *signori* einfallen und ein rauschendes Fest feiern. Es sind ehemalige Dorfbewohner, die im verpesteten Milano als Kürschner oder in anderen ungesunden Berufen zu Geld gekommen sind und einmal im Jahr wie die reichen Verwandten aus Amerika den Daheimgebliebenen den vermeintlichen Erfolg vorführen.

In Körben und Eimern schleppen sie Salate, Würste, Brote und Schinken herbei. Martino holt ein halbes Dutzend Drei-Liter-Flaschen vom bernsteinfarbenen, herbmilden *pigato* aus seiner *cantina*, dazu einige Liter selbst gebrannten hochprozentigen Grappa; der eiserne Ofen, dessen Abzugsrohr sich wie eine schwarze Riesenschlange durch den Saal windet, wird mit Olivenholz gefüttert, bis er glüht, und die Unterhaltungen erreichen eine Lautstärke, die einen draußen vorbeigehenden Fremden veranlassen würde, sofort die Carabinieri zu alarmieren, da er glauben müsste, im Inneren nähere eine Massenschlägerei sich ihrem blutigen Höhepunkt.

Martino liebt diese Feste mit seinen *amici* so sehr, dass er in solchen Nächten nur selten auf seinem Stuhl einschläft und sogar vergisst, die Straße im Auge zu behalten, um genau zu wissen, wer zu so später Stunde noch kommt und geht.

Und an diesen ausgelassenen Abenden erzählt Martino dann auch gerne die Geschichte, wie er das hinter der Kirche gelegene *castello* einem nach England ausgewanderten reichen Landsmann abgekauft habe und wie er dort einmal eine in Casanova gestrandete Stripteasetruppe unterbrachte und wie die Damen notgedrungen in Naturalien, sprich mit einer Show für geladene Gäste aus der Umgebung, gezahlt haben. Aber derart fröhliche Feste bleiben die Ausnahme.

An einem gewöhnlichen Abend sitzen nur drei oder vier Männer in dem kleinen Schankraum vor dem etwas größeren Saal mit dem nie benutzten Billardtisch, den Kalendern mit den unbekleideten Damen, mit den kunstlosen Bildern örtlicher Künstler und mit den Jagdtrophäen. Als Martino das Sitzen noch nicht zu seiner Lieblingsbeschäftigung erkoren hatte, da war er ein begeisterter Jäger. Und was für Kochtopf und Pfanne ungeeignet war, das nagelte er an die Wand oder stellte es ausgestopft ins Regal. So lauern zwischen den Amaretto- und Grappa-Flaschen verstaubte Marder, droht über dem Gefrierschrank ein Bussard, auf das *gelato* zu stürzen, scheint der Wildschweinkopf noch immer nicht bemerkt zu haben, dass ihm der Rest des Leibes abhandengekommen ist.

Es wäre ungerecht zu behaupten, im namenlosen *ristorante* mangele es an Sauberkeit. Nicht zu übersehen ist allerdings, dass sich Martinos Wunsch, die Welt möge bleiben, wie sie ist, an seinem Arbeitsplatz gründlich erfüllt hat. Man muss daher ziemlich lange suchen, um etwas zu finden, was weniger als zwanzig oder dreißig Jahre zählt. Der Fernsehapparat und einige andere offenbar unvermeidliche Anpassungen an den Fortschritt natürlich ausgenommen. Aber alle anderen Einrichtungsstücke müssen so lange stehen, bis sie umfallen.

Auch bei der Garderobe hinkt Martino der Mode so weit hinterher, dass sie ihn schon wieder eingeholt hat. Seine bunt karierten Hemden etwa erinnern an das Outfit eines Landedelmannes aus dem vergangenen Jahrhundert, und er muss zehn oder zwanzig von genau der gleichen Art besitzen, anders ist kaum zu erklären (jedenfalls nicht, ohne einen anrüchigen Verdacht auszusprechen), dass er zwei, drei Wochen lang haargenau die gleichen Farben trägt. Wer dagegen Martinos Schuhe sieht, der könnte meinen, er habe in ihnen schon dreimal den Erdball umwandert. Vom täglichen Marsch zum *panettiere* Gianfranco können sie jedenfalls diesen ausgetretenen Zustand nicht angenommen haben. Es liegt somit die Vermutung in der Luft – oder genauer gesagt, sie steht mit beiden Sohlen auf der Erde –, dass Martino doch nicht nur ständig auf seinem Stuhl sitzt, sondern heimliche Ausflüge unternimmt.

Vielleicht sammelt er am Tag sitzend nur Kraft für ein verbotenes Nachtleben? Oder hat er, wie viele seiner Landsleute, möglicherweise einen zweiten Beruf?

Nichts dergleichen trifft zu. Der Herbst lüftet das Geheimnis: Eines Morgens ist der Stuhl auf dem schönsten Platz der Welt verwaist und Martino verschwunden, zusammen mit seinem roten Renault, der nur von Beulen zusammengehalten wird und innen größer sein muss als außen. Nur ein Ortsfremder aber würde erschrocken und das Schlimmste befürchtend die Frage stellen: Wo ist Martino?

Er ist natürlich in der *campagna*, auf seinen Weinfeldern, die auf den Terrassen der sanft ins Lerrone-Tal

MARTINO BEI DER WEINERNTE

abfallenden grünen Hügeln liegen. In aller Frühe, zu einer Zeit, in der er an anderen Tagen mühsam den Weg vom Bett zum Stuhl findet, ist er plötzlich unternehmungslustig mit einigen Helfern aufgebrochen, schneidet die grünen und roten Trauben schneller als jeder andere, schleppt die schweren Plastikkörbe, dass ihm der Schweiß über den nur mit einem ehemals weißen Unterhemd bedeckten Oberkörper fließt, lässt keine Pause zu, ehe die letzte Rebe geerntet ist, steht bis zum späten Abend in seiner *cantina* von der Größe einer Tiefgarage, säubert Holzfässer, dreht hier eine Kurbel, füllt dort neue Fässer, probiert, was aus dem Zapfhahn läuft, lädt jeden Vorbeigehenden ebenfalls zum Begutachten der neuen Ernte ein und kümmert sich nicht im Geringsten um den Lauf der Welt.

Ein bis zwei Wochen dauert die *vendemmia* nebst Verarbeitung. Nicht eine Minute sieht man Martino in dieser Zeit sitzen oder gar schlafen. Als Erster ist er morgens auf den Beinen, als Letzter steigt er abends die Treppe seines großen Hauses zur Wohnung über dem *ristorante* hinauf.

Und eines Tages ist plötzlich alles wieder so, wie es immer war. Die Sonne steigt über den Berg, wirft ihre wärmenden Strahlen auf Martino, der auf seinem Stuhl sitzt, als habe er sich nie von der Stelle bewegt. Er blinzelt in die Welt, die sich nicht verändert hat, er beobachtet die Katzen, die über die Steinmauer spazieren, und die Schulkinder, die sich *prosciutto-* oder *salame*-Brötchen holen, und er ist eigentlich auch hungrig, aber fühlt sich den Anstrengungen, die mit dem Aufstehen verbunden wären, einfach noch nicht gewachsen.

VERWAIST: MARTINOS SCHÖNSTER PLATZ

ZIO MAURIZIOS TRÄUME

Der Dorfplatz von Poggio ist so klein, dass er höchstens vier Fiat Panda aufnehmen kann. Während der Tageszeit ist er meistens leer, denn die Anwohner arbeiten. Auf dem Feld oder im nahen Albenga. Unbewacht ist der Platz aber dennoch nicht. Zwar gibt es nichts zu bewachen, aber auf der von vielen Sonnenjahren ausgeblichenen Holzbank neben dem Eingang seines Hauses sitzt als aufmerksamer Wächter Flamign.

Er sitzt schon da, solange die übrigen Bewohner in Poggio überhaupt denken können. Am 6. Oktober 1912 wurde er in der Kammer knapp drei Meter über der Bank geboren, und bis auf die Kriegsjahre hat er Poggio nie verlassen.

Auch an seinem 91. Geburtstag saß er auf der Bank. Es war schon später Nachmittag, die Sonne schien noch warm, aber nicht mehr so brennend wie in dem gerade beendeten, sehr heißen Sommer. Ein angenehmer Tag also. Dazu ein Geburtstag. Im Jahr davor, am 90. Geburtstag, da hatte der Platz keinen Wächter. Flamign hatte die grünen Fensterläden am Vormittag nur kurz geöffnet und sogleich wieder geschlossen. Ein deutliches Zeichen, dass er keine Besucher sehen wollte. Es kam auch keiner.

Am 91. Geburtstag aber war er auf Besuch eingestellt. Schon vor dem Mittagessen waren der Nachbarn Marco mit seinem kleinen Sohn Kevin gekommen. Sie hatten gratuliert und zwei Flaschen Wein überreicht. Flamign ließ sie auf dem Tisch stehen, stellte sechs Gläser daneben, dazu eine Tüte mit Keksen, die er vom Kaufmann in Casanova Lerrone geholt hatte. Und anschließend saß er wieder auf seiner Bank. So wie fast jeden Tag, allerdings ein wenig unruhiger, angespannter als an normalen Tagen, denn insgeheim wartete er auf Gäste, obwohl er wissen musste, dass wieder keine kommen würden. Unten im Dorf, vielleicht 300 Meter von der Bank entfernt, wohnt Verwandtschaft, mehrere Neffen mit ihren Familien. Die müssten doch eigentlich zum Gratulieren kommen? Oder die anderen Nachbarn oder Verwandten aus den Häusern der unmittelbaren Umgebung?

Doch niemand erscheint. Man ist zerstritten. Redet schon seit vielen Jahren nicht mehr miteinander. Aber kann man sich mit dem kleinen Flamign wirklich streiten? Sitzt er nicht lieb und freundlich auf seiner Bank, stets zum Plausch mit Besuchern oder Feriengästen aufgelegt? Er hilft sogar beim Ausladen von Reisetaschen, packt an, wenn ein sperriges Gerüstteil transportiert werden soll.

Flamign sei schwierig, heißt es im Ort, oft launisch. Wer mehr wissen will, bekommt als Antwort nur ein Achselzucken. Obwohl er nun bald ein ganzes Jahrhundert in Poggio lebt, scheint er ein unbekanntes Wesen geblieben zu sein.

Zio, der Onkel, heißt er bei manchen, andere nennen ihn Flamign. Auf dem Türschild aber steht „Maurizio", so wie der heilige Namensvetter, der als hölzerne Figur die kleine Kapelle der Frazione Poggio schmückt.

Auch über den Soldaten Maurizio alias Flamign ist wenig in Erfahrung zu bringen. In Griechenland und in Afrika soll er gewesen sein. Allerdings nicht kämpfend, sondern als Sanitäter. Und am Ende des Kriegs hat er hier und da ausgeholfen. Gemauert, gepflegt, auf dem Feld gearbeitet.

Flamign war nie verheiratet und erzählt doch ständig von seiner Frau. Verschmitzt und wohl wissend, dass er dem Gesprächspartner einen Bären aufbindet. Jetzt müsse er aber schleunigst ins Haus, *„perche la moglie mi aspetta"*, verabschiedet er sich mit gut gespielter Sorge.

Lässt er einen Besucher über die schmale Treppe in das karge Wohnzimmer mit den gekalkten Wänden und dem Fußboden aus bunten alten Steinfliesen, dann ist die Frau gerade zum Einkaufen, aber auf der Aktzeichnung über dem ewig laufenden Fernsehapparat, da könne man sie bewundern. Und dort, die zweite Nackte, das sei die Schwester der *moglie*.

Einmal, zwischen dem 90. und dem 91. Geburtstag, lotste Flamign zwei junge deutsche Urlauberinnen in sein ziemlich schummriges Wohnreich, ließ sie auf dem sperrmüllverdächtigen Sofa Platz nehmen und redete so heißblütig und gestenreich auf seine Besucherinnen ein, dass sie zwar kein Wort verstanden, aber ganz genau wussten, was er ihnen mitteilen wollte, und folglich nur einen Gedanken hatten: Wie kommen wir hier nur schnell und heil wieder heraus? So viel wie in dieser halben Stunde hat der Zio wahrscheinlich im ganzen Jahr nicht erzählt. Mit den vielen Üs und Ös des örtlichen Dialekts und mit noch mehr Händereiben, Armbeugen und Über-die-Schulter-werfen, alles Gesten, die das unverständlich Erzählte unterstreichen sollten.

Hätte er während dieses aufregenden Besuchs seine tägliche *minestrone* auf dem Herd zurückgelassen, es wäre bestimmt passiert, was regelmäßig einmal im Monat für Aufregung sorgt: Aus dem Küchenfenster quellen Rauchwolken, die nach der Feuerwehr verlangen. Doch die Nachbarn reagieren mit Routine. Jemand ruft über den Platz: *„Flamign, dove sei?"* Aber es kommt keine Antwort, denn Flamign ist den steilen Hang zum Kaufmann nach Casanova hinaufgeklettert oder hat sich in den Bus gesetzt, um in Albenga unter Palmen zu flanieren. Die Suppe hat er in der Vorfreude auf das Abenteuer in der „Großstadt" längst vergessen, alle Türen stehen wie üblich offen. Irgendjemand dreht dann das Gas ab, und kommt Flamign zurück, hört man ihn erst jammern, dann schüttet er den verkohlten Rest der *minestrone* aus dem Fenster und wirft den verbrannten Topf den nächsten Abhang hinunter.

Zwar gibt es in Poggio eine gut organisierte Müllentsorgung, und Flamign bezahlt auch brav seine Abfallgebühren, gleichzeitig aber hält er das ganze Entsorgungssystem für völlig überflüssig. Einmal am Tag schlendert er leichtfüßig wie ein gut trainierter 60-Jähriger durch das Dorf, summt oder singt ein fröhliches Lied, verstummt plötzlich, blickt sich verstohlen um, ob ihn jemand beobachtet, und entsorgt mit oft geübtem Schwung eine Blechdose, eine Plastikflasche oder eine Styropor-Verpackung. Würde Poggio nicht jedes Jahr zum Fest des heiligen Maurizio gründlich gesäu-

FLAMIGN AN SEINER GARTENLAUBE

bert, das Dorf wäre gewiss schon lange im Müll von Zio Maurizio versunken.

Nun glaube aber niemand, der kleine Zio Flamign wäre unordentlich, neige zu Unsauberkeit. Man sehe sich seine Wohnung an. Alles ist *picco bello* geputzt und aufgeräumt. Ebenso regelmäßig wie seine Entsorgungsgänge sind auch seine Waschtage. Und nicht etwa wie in Italien üblich aus dem Fenster hängt er Hemden, Hosen und Taschentücher, sondern er trägt *il bucato* auf die untere Terrasse seines Gartens, wo er mit Pfählen und Wäscheleine einen Trockenplatz geschaffen hat, der das Wohlwollen jeder tüchtigen deutschen Hausfrau finden würde.

Buon giorno, Flamign, come va? Benissimo! Er helfe der Frau gerade bei der Wäsche, antwortet er wieder verschmitzt und schleppt die schwere Wanne mit der *bucato*, als wäre sie federleicht. Morgen müsse er zum Doktor nach Alassio, verrät er noch, ein sehr netter Mensch sei das, der ihn immer viel freundlicher begrüße als die anderen Leute im Wartezimmer. Wahrscheinlich deshalb, weil er sich wundert, dass der kleine Senior Maurizio noch immer quicklebendig ist, obwohl er doch im hohen Alter aus dem Kirschbaum gefallen war und dabei schwerste Verletzungen erlitten hatte. Da ihn der Doktor so zuvorkommend behandelt, möchte ihm auch der *zio* in seiner Eigenschaft als Patient keinen Ärger bereiten. Etwa durch Mängel bei der Gesundheit. Genau eine Woche vor der Visite beginnt er daher mit einer strengen Diät. Dazu gehört in erster Linie der Verzicht auf das tägliche Glas Rotwein.

Nun trinken in Poggio und in allen anderen italienischen Dörfern alle Männer offiziell stets nur *un bicchiere*. Hinter der grammatischen Einzahl können sich in der Praxis aber durchaus zehn Gläser verbergen. Der Zio allerdings gönnt sich außerhalb der Diätwoche pro Tag wirklich nur ein Glas. Und wie den durchs Fenster geworfenen Essensresten zu entnehmen ist, hält der Zio nicht nur bei den flüssigen, sondern auch bei den festen Speisen Maß. Nur sehr selten kann daher Dino, der Labrador-Mischling von nebenan, einen wenigstens einigermaßen brauchbaren Knochen abschleppen.

Völlig falsch wäre allerdings die Vermutung, Flamign könne sich vielleicht aus finanziellen Gründen keinen schmackhaften Braten mit der dazugehörenden Flasche Wein leisten. Zwar hat bestimmt noch niemand – außer der imaginären *moglie* natürlich – Einblick in sein Bankkonto genommen, aber man kann davon ausgehen, dass es besser ausgestattet ist als die kargen Wohnräume und die bescheidene Speisefolge vermuten lassen. Hin und wieder lässt sich eine zusätzliche Verbesserung auch nicht verheimlichen, nämlich dann, wenn der *zio* ein Stück Land mit einigen Oliven verkauft. Was zur Folge hat, dass weitere Verwandte nicht mehr mit ihm sprechen, weil sie gehofft hatten, das betreffende Grundstück zu erben.

Zio Flamign könnte sogar noch weitere Einnahmen haben, doch er verzichtet darauf, lässt lieber eine Wohnung im Parterre leer stehen, als sich über Mieter zu ärgern. Vielleicht mag aber auch keiner einziehen, denn wer will schon unter einer Disco leben. Denn noch ehe Zio Flamign am Morgen die Fensterläden aufstößt, schaltet er erst den Fernseher und dann das Radio – oder auch umgekehrt – an. Und da er zwar noch sehr gut ohne Brille sieht, aber bereits etwas schlecht hört, dreht er stets auf volle Lautstärke.

Der Einzige, den der musikalische Lärm nicht stört, ist der Verursacher selbst. Seelenruhig sitzt er auf seiner Bank, bewacht den leeren Dorfplatz. Kommt jemand vorbei, wird der Zio wieder einmal zum Komiker: Er blickt anklagend zur Lärmquelle hinauf, fragt, was dort für ein Fest stattfinde, setzt eine ängstliche Miene auf und behauptet, er werde oben in der Disco eigentlich schon lange erwartet. Denn die *moglie* wolle dringend mit ihm tanzen.

Die Glocke ruft zum Gottesdienst mit dem heiligen Maurizio.

Das Fest

Wenn sich der September seinem Ende neigt, dann breitet sich unter den Bewohnern von Poggio der Bazillus *pulire* aus. Eingeschleppt hat ihn der römische Soldat Maurizio als Nebeneffekt einer guten Tat, die vor 2000 Jahren darin bestand, mehr seinem christlichen Glauben als dem Befehl seines kaiserlichen Feldherrn zu gehorchen. Dafür wurde er erst mit dem Tod bestraft und später mit dem Titel Märtyrer belohnt.

Wie fast jeder Heilige, so hat auch der *Santo Maurizio* „seinen" Tag: Und da die Leute von Poggio ihre kleine Kirche dem Maurizio geweiht haben, polieren sie ihr Dorf zum Namenstag des Ortsheiligen auf Hochglanz.

Das ganze Jahr können Brombeeren und Gräser ungestört den Kirchweg überwuchern, dürfen Bauschutt und ausgediente Fernsehgeräte den winzigen Dorfplatz einrahmen. Aber eine Woche vor *San Maurizio* könnte man meinen, der Heilige Vater persönlich habe seinen Besuch angekündigt.

Mit Sicheln, Schaufeln und Hacken machen Jung und Alt Jagd auf jeden an falscher Stelle wachsenden Grashalm, bestreuen die Wege mit klein gehackten Steinen, dass es beim Gehen knirscht wie auf dem Friedhof, kleben hier etwas Beton an eine abgestoßene Hausecke, flicken dort ein durchgerostetes Blechdach, stellen sogar Warnschilder an Abgründen auf, in die das ganze Jahr niemand gefallen ist. Ihren Hauptangriff aber richtet die Säuberungskolonne gegen den Mittelpunkt des Festes, die kleine Maurizio-Kapelle.

Ein wunderschönes Kirchlein ist es, mit einem moosbewachsenen Ziegeldach, mit lehmverputzten Mauern aus unbehauenen Steinen, mit einer kleinen Glocke, die in einem angedeuteten Turm frei über dem Dach hängt. Drei verwitterte, mit Schieferplatten belegte Stufen führen ins Innere, wo der heilige Maurizio in Gestalt einer fast lebensgroßen Holzfigur hinter seiner schützenden Glaswand das ganze Jahr sehnsüchtig auf die nur einige Stunden dauernde Befreiung zu warten scheint.

Ehe er jedoch auf das Tragegestell steigen darf und durch das gesäuberte Dorf geführt wird, muss auch er vom Staub der vergangenen Monate gereinigt werden. Dafür und für das Kircheninnere sind die alten Frauen verantwortlich. Tagelang räumen und putzen sie und schwatzen schwerhörig-lautstark miteinander, sodass es nach außen hallt wie aus einer Gruft.

Hat im Frühjahrssturm der Ast einer Olive die alten Dachziegel beschädigt, steigt Mario hinauf, um das zu reparieren. Obwohl nicht mehr der Jüngste, spaziert er stolz wie kurz zuvor einer der vielen Dorfkater über den bröckelnden First. Seine Sicherheit schöpft er aus der Gewissheit, dass ein Absturz schon deshalb nicht zu befürchten ist, weil er doch am Sonntag den heiligen Maurizio durch das Dorf zu tragen hat.

Wenn künftig allerdings so leicht kein Ziegel mehr zerbricht und Mario somit auch nicht mehr den mutigen Aufstieg zelebrieren darf, dann deshalb, weil während der jüngsten Säuberungsaktion ein Mann

mit einer mörderischen Motorsäge kam und die beiden steinalten Oliven neben der Kirche fällte. Warum er das tat, blieb unersichtlich, denn die Bäume waren trotz ihrer 400 Jahre kerngesund. Aber vielleicht war es kein Zufall, dass kurz vor ihrem gewaltsamen Tod dem Kirchlein ein scheußliches Gemeindezentrum angeklebt worden war. Womöglich fürchteten die Erbauer, ein morscher Ast könnte ihr stolzes Werk aus viel Beton beschädigen.

Aber wer will so kurz vor einem so hohen Festtag über die Ästhetik von Gemeindehäusern diskutieren? Außerdem hat die Putzkolonne gerade einen wuchernden Brombeerstrauch entdeckt, der gnädig über einen alten Herd und die Reste eines Fiat Cinquecento gewuchert ist. Und wer glaubt, bis zum Sonntag sei noch viel Zeit, der irrt sich sehr, denn das Maurizio-Fest beginnt am Donnerstag, und der ist gerade angebrochen.

MARIO BALANCIERT.

Kaum ist die Sonne über die mit Kiefern und Olivenbäumen bedeckten Hügel gestiegen, da beginnt die kleine Glocke der Maurizio-Kirche in ihrer rostigen Aufhängung sanft zu schwingen. Mag sein, dass der Wind oder ein Vogel sie angestoßen hat. Erlaubt ist aber auch die Vermutung, dass es die Aufregung sein kann, wie sie ein Läufer vor dem Start verspürt. Kurz vor 18 Uhr steigert sich das vorsichtige Wippen in ein kräftiges Schwingen, bis ein sehr heller Ton den ganz offiziellen Beginn des *San-Maurizio*-Festes verkündet.

Das Ergebnis ihres Rufens aber muss die kleine Glocke enttäuschen: Wohl zehn Minuten müht sie sich, dann nach einer Erholungspause noch einmal fünf Minuten, und dann wird zusätzlich ein Mädchen mit einer Handglocke durch die verschlungenen Dorfgassen geschickt, die so eng sind, dass man mit ausgestreckten Armen beide Hausreihen berühren kann. Mehr als 15 Seelen finden sich aber trotz dieser nachdrücklichen Aufforderung nicht zum Gottesdienst ein. Auch am nächsten und dem folgenden Abend sind es nicht mehr.

Den zur Ansprache verpflichteten Bruder Bonifazio aber, der in seiner langen braunen Kutte und dem runden Mönchsgesicht so zeitlos wirkt, als habe er den heiligen Maurizio noch persönlich gekannt, stört die peinlich kleine Gemeinde nicht im Geringsten. Mit seiner hallenden Stimme scheint er sich ohnehin eher an die ganze Welt und nicht an das Häuflein der Anwesenden zu wenden. Er spricht auch nicht von den kleinen Sünden, die er in Form des neuen Gemeindehauses aus Beton und der abgesägten Olivenbäume vor sich sieht, nein, er spricht nur von den großen Sünden dieser Welt. Von Krieg und Habgier und natürlich auch vom heiligen Maurizio, an dessen persönlichem Mut sich alle ein Beispiel nehmen sollten.

Bruder Bonifazio weiß, dass die Wirkung seiner Worte gering ist und dass die hallende Mahnung nicht tiefer dringt als ein Regentropfen in das ausgedörrte Feld. Und deshalb hält er seit Jahren immer die gleiche Predigt von Sünde und Vergebung.

Dann endlich ist Sonntag, und das richtige Fest kann beginnen. Zur großen Prozession hat sich der Platz vor der Kapelle sogar gefüllt. Wohl an die 50 Menschen mögen es sein, obwohl ganz Poggio doch nur noch 38 Köpfe zählt. Aber zum hohen Fest ist Verwandtschaft angereist, dazu wieder Bruder Bonifazio in seiner kleidsamen braunen Kutte, der erst noch einmal weit durch das Tal hallende Worte über Sünde und Vergebung spricht und anschließend hinter dem von Mario und drei weiteren kräftigen Männern getragenen heiligen Maurizio die Prozession anführt.

Da Poggio nur ein kleines Dorf ist, dauert der Rundgang gerade fünf Minuten, aber das reicht allemal aus, denn für mehr als fünf Minuten ist im Ort selbst im gesäuberten Zustand nichts zu sehen.

Zwei Wochen Saubermachen, drei Vorfeiern, eine Prozession, dazu Tanz und Polenta und Wein und Lammfleisch und sehr viel Erzählen haben die Kräfte geschwächt. Aber es reicht noch zu einem letzten Aufbäumen am Montag. Auch der zeitlose Bruder Bonifazio ist erneut angereist, zwar wieder in brauner Kutte, aber doch außer Diensten, wohl wissend, dass die Polenta erst aufgewärmt besonders gut schmeckt. Er probiert auch noch zwei saftige Stücke vom gegrillten Fleisch, trinkt anschließend den kräftigen roten Barbera, um nach dem zweiten Glas mit hallender Stimme zu verkünden, dass eine so vorzügliche Medizin nun wahrlich keine Sünde sein kann.

Und nach diesem Resteessen ist das *San-Maurizio*-Fest ganz offiziell beendet.

Am folgenden Tag wird der hölzerne Märtyrer wieder hinter die Glaswand verbannt, eine Woche lang kehren und erzählen die alten Frauen noch in der Kirche, decken umständlich Stühle und Heiligenbilder ab und verschließen mit wichtiger Miene wie ein Bankdirektor seinen Tresor die beiden morschen, grünen Türflügel der kleinen Kapelle.

Ab sofort dürfen auch wieder ungestört Gräser und Brombeeren wuchern, es darf Bauschutt abgeladen werden, und die Warnschilder vor dem Abgrund verschwinden für den Rest des Jahres. An das Fest erinnern dann nur noch die Tische und Bänke auf dem winzigen Festplatz unter dem letzten Olivenbaum, bis auch sie nach einigen Wochen vom Gras überwachsen sind und erst bei der nächsten *San-Maurizio*-Großreinigung wiederentdeckt werden.

Die Maurizio-Prozession beginnt.

Oswaldo, immer höflich, immer vergnügt

Oswaldo, der Star

Buster Keaton lebt. Der Stummfilmstar mit den rollenden Augen und den eckigen Bewegungen ist wiedergeboren und heißt Oswaldo.

Die *Primo Sole*, hoch über dem Tal der Lerrone gelegen, hat in ihrer langen Geschichte viele kuriose Gäste beherbergt. Oswaldo jedoch ist nicht zu übertreffen. Sein Hauptwohnort ist Mailand, doch wenn in der stickigen und lärmenden lombardischen Metropole das Thermometer die 30-Grad-Marke übersteigt, packt Oswaldo seinen Koffer, kauft sich eine Fahrkarte und reist in die Sommerfrische nach Marmoreo. Ins Ristorante *Il Primo Solo*. Vier Monate bleibt er dort und ist in dieser Zeit so etwas wie eine Attraktion.

Nun käme gewiss keiner der übrigen Stammgäste auf den Gedanken, Oswaldo mit dem berühmten Buster Keaton zu vergleichen. Man konzentriert sich auf den Wein, auf das stets gute Essen und auf das ewig schlechte Fernsehprogramm. Von Juni bis Oktober gehört Oswaldo einfach zum Inventar oder genauer gesagt zum Schmuck des Speisesaals, vergleichbar mit den bunten, duftenden Blumensträußen auf dem für Rosen und Orchideen reservierten Tisch in der Mitte des Raumes.

Wenn Oswaldo eingezogen ist, sind Blumen eigentlich überflüssig. Denn er sorgt selber für Farbe.

Wer zum Essen in die *Sole* kommt, der legt normalerweise wenig Wert auf Garderobe. Hausgäste machen sich zwar zuweilen etwas fein, gleichzeitig aber nimmt niemand Anstoß daran, dass die Maurer Vittorio, Domenico oder Adriano die halbe Baustelle an Schuhen, Hemd und Hosen mitgebracht haben.

Oswaldo dagegen sitzt jeden Mittag und jeden Abend piekfein an seinem Einzeltisch. Den Pullover liebt er in Gelb oder Violett, beim Jackett bevorzugt er Marineblau mit weißem Einstecktuch, und manchmal kommt er ohne Rücksicht auf seine 76 Jahre ganz verwegen in hautenger schwarzer Lederhose. „Bisschen grell für sein Alter", sagt dann mit leicht tadelndem Unterton sein Tischnachbar Domenico, aber gemeint sind wirklich nur die reichlich scharfen Beinkleider.

Über Oswaldo selbst würde niemand etwas Abträgliches oder gar Verletzendes sagen. Weil er nämlich die Güte und die Höflichkeit in Person ist. Schon wenn er den Speisesaal der *Sole* betritt, begrüßt er jeden Tisch, den er beim Gang zum eigenen Platz passieren muss, mit einer würdevollen Verbeugung. Bringt ihm Camilla die Vorspeise, bedankt er sich überschwänglich, indem er mit den Augen rollt, wie es Buster Keaton nicht besser konnte, und wenn er vom Nachbartisch den Salz- oder Pfefferstreuer auszuleihen wagt, macht er es mit einer Grandezza, als wolle er um die Hand der Tischdame anhalten. Und während die Arbeiter und die Urlaubsgäste schon nach der Vorspeise zur Zigarette greifen, kann sich Oswaldo höflich beherrschen. Erst wenn Camilla abgeräumt hat, zündet er sich eine extra schlanke Virginia an, fragt zuvor natürlich die Gäste am Nebentisch mit neuer Verbeugung um Erlaubnis.

Da schon einmal die Laster zur Sprache kommen, muss erwähnt werden, dass Oswaldo nach dem *caffè*, dem *limoncino* und der schlanken Virgina nicht an jedem Abend in den ersten Stock zu seinem Radio steigt. Beschließt der Tisch mit den notorischen Nachtschwärmern einen späten Ausflug ins nächste Tal, in dem auch nicht viel mehr geboten wird als in der *Primo Sole*, dann genügt ein Augenzwinkern nebst einladender Kopfbewegung und Oswaldo eilt hinterher. Fragt man ihn am nächsten Tag, wie denn das Abenteuer ausgegangen sei, dann spielt er wieder Buster Keaton, lacht ein wenig verlegen und versichert wahrheitsgemäß, dass er noch ein Bier getrunken habe, weiter nichts.

Da Oswaldo überall das Gute sieht, großzügig nach allen Seiten Lob verteilt und niemandem zu nahe tritt, wird er auch bei Tag als Begleiter geschätzt. Fährt jemand auf seine Baustelle oder zum Olivenschneiden, Oswaldo bekommt eine Einladung. Eine Hilfe ist er nicht, aber er sieht sich alles sehr interessiert an, ist von allem begeistert. Das hebt die Stimmung und fördert die Arbeitsmoral. Und Oswaldo ist beschäftigt.

Viel Abwechslung gibt es in Marmoreo auf dem lichten Gipfel des Lerrone-Tals außer den Mahlzeiten und den Gesprächen in der *Sole* nicht. Und bis auf ein paar alte Frauen bleibt tagsüber auch kaum jemand im Ort. Oswaldo aber kann nicht weg, denn das Autofahren ist ihm eine fremd gebliebene Tätigkeit, für die er nur Bewunderung aufbringen kann. Einmal hat er versucht, die in Italien nicht sonderlich strengen Anforderungen an die Führerscheinprüfung zu erfüllen. Doch nach sehr vielen Übungsstunden und nachdem der Fahrlehrer schon gehofft hatte, er habe einen Schüler fürs Leben gefunden, erkannte Oswaldo, wo das Problem lag: Er ist nicht in der Lage, mehrere Aufgaben gleichzeitig zu lösen, kann nicht kuppeln, schalten, bremsen und zusätzlich noch auf den Verkehr achten.

Wie Oswaldo die Schwächen seiner Mitmenschen mit dem Mantel der Nächstenliebe abdeckt, so kränkt ihn auch das eigene Versagen ganz offensichtlich nur mäßig. Erzählt er die Geschichte seiner so kläglich gescheiterten Fahrversuche, rollt er mit den Augen, zuckt mit den Schultern und sagt: Man kommt auch ohne Auto ans Ziel.

Nun wird zwar stets behauptet, der Mensch müsse mobil sein, um sich in der modernen Welt behaupten zu können. Man kann aber auch die Welt zu sich holen. Ob daheim in Mailand oder in seinem spartanisch eingerichteten Zimmer im ersten Stock der *Primo Sole*, Oswaldo steht in ständigem Kontakt mit aller Herren Länder. Mit seinem handlichen, aber zugleich weitreichenden Radioapparat schweift er durch den Äther. Stundenlang, vor allem nachts, wenn ihn niemand stört. Er hört alles, was die langen und kurzen Wellen ihm bieten. Die Probleme der Minderheiten am Hindukusch interessieren ihn ebenso wie die Umweltverschmutzung in Indien.

Und wenn er nicht am Radio sitzt, dann stöbert er durch seine Büchersammlung. Er kennt Kafka und Thomas Mann, Goethe und Schiller. Für einen Italiener ist das etwas sehr Ungewöhnliches.

Fragt man Oswaldo nach seiner beruflichen Vergangenheit, dann äußert er sich nur vage. Dieses und jenes, und zuletzt sei er auf dem Mailänder Flughafen beschäftigt gewesen. Wo genau? Ach, hier und da. Und dabei bleibt es.

Man kann vermuten, dass Oswaldos Gutmütigkeit zusammen mit dem Makel, nicht mehrere Anforderungen gleichzeitig erfüllen zu können, seine Karriere behindert haben. Was keineswegs bedeutet, dass er im Bedarfsfall nicht zupacken könnte oder sich gar zu fein für wenig anspruchsvolle Tätigkeiten fühlt.

Da zu seinen vielen guten Eigenschaften auch die Gewissenhaftigkeit gehört, sitzt er stets nicht nur adrett gekleidet, sondern auch pünktlich am Tisch, wenn Camilla um 20 Uhr das *primo* serviert.

Eines Abends aber heißt es: Oswaldo kommt später, er muss noch läuten.

Einen feineren und gescheiteren Glöckner hat die so rührend hässliche und zerbröckelnde Hauptkirche von Marmoreo in ihrer langen Geschichte ganz gewiss nie erlebt. Ist es schon schwierig, überhaupt einen Priester für den abgelegenen und nicht gerade attraktiven Arbeitsplatz zu finden, den Glockenstrang mag erst recht niemand ziehen. Aber kaum erfuhr Oswaldo von der Personalnot, da hatte er das Ehrenamt auch schon angenommen und ließ die Glocken derart kräftig klingen, dass sie bestimmt bis Albenga zu hören waren.

Nach getanem Läutwerk noch ein wenig atemlos an seinen Tisch zurückgekehrt, empfing ihn Beifall, als habe er gerade Beethovens Klaviersonaten vorgetragen.

Natürlich weiß Oswaldo, dass man ihn damit ein wenig auf den Arm nimmt, gekränkt ist er aber nicht. Ganz im Gegenteil, mit groß gemachten Augen und eckigen Bewegungen wird er wieder zu Buster Keaton und wehrt mit gut gespielter Bescheidenheit den Applaus ab.

Nun sei er endlich auch ein Kirchenmusiker, sagt er dann in einem Italienisch, das so klar und gewählt klingt, dass ihn auch derjenige versteht, der gar kein Italienisch spricht. Um das ironisch gemeinte Eigenlob richtig zu deuten, muss man die Familiengeschichte kennen. Denn während es Oswaldo nur zum Glöckner brachte, war sein Vater ein in der Gegend geschätzter Organist. Und an manchen Abenden sitzt neben ihm im grellen Licht der Neonröhren eine sehr feine ältere Dame mit mehreren Ringen und goldener Halskette. „Meine Schwester. Sie ist Pianistin", sagt Oswaldo dann und klingt dabei ziemlich ehrfürchtig.

Wenn der Oktober kommt und schon einmal ein mäßig kühler Wind über die Höhen des Lerrone-Tals streicht, dann tritt Oswaldo immer häufiger mit einem mächtigen Schal auf. Doch alle Vorsorge hilft nicht. Eines Tages ist er heiser, hustet sogar ein wenig. Mit diesen eindeutigen Vorboten einer Lungenentzündung ist für ihn die Urlaubssaison beendet. Jetzt hilft nur noch der möglichst zügige Rückzug in wärmere und gesündere Gefilde.

Ausgerechnet nach Mailand? Ja. Ganz wunderbar lebe man dort, schwärmt Oswaldo, ruhig und sauber, in mildem Klima. Wie gesagt: Oswaldo sieht überall das Gute. Im nächsten Frühjahr jedoch packt ihn, den Zugvögeln ähnelnd, wieder die Reiselust. Sein festes Ziel heißt Marmoreo auf den Höhen des Lerrone-Tals, und es ist nur ein Kurzstreckenflug von zweihundert Kilometern.

Die Primo Sole in Marmoreo
über dem Tal der Lerrone

Il Primo Sole

Niemand möge erwarten, dass an dieser Stelle verraten wird, wie die *Primo Sole* zu finden ist. Kein Naturfreund würde schließlich preisgeben, wo die wundersame blaue Blume wächst oder die letzten Dinosaurier grasen. Aber damit nicht der Verdacht entsteht, es gebe die *Primo Sole* gar nicht, sei als Beweis ein kleiner Fingerzeig gegeben. Das in keinem Feinschmeckerführer erwähnte und von keinem Automobilklub empfohlene Ristorante liegt kurz unter dem Himmel auf einem Berg des noch fast unverdorbenen Lerrone-Tals an der ligurischen Blumen-Riviera.

Von dem bereits ebenfalls hoch gelegenen Casanova Lerrone führen noch einmal hundert enge Kurven den Berg hinauf, vorbei an zerfallenen Gebäuden, an gepflegten Weinterrassen, immer weiter der Sonne entgegen, und wenn eine burgähnliche Ruine den Weg zu versperren scheint, lenke man den Wagen mutig durch die schmale Öffnung, und dann liegt sie vor einem: die *Primo Sole*; in einem Haus, dessen Architekt mit ewigem Berufsverbot belegt werden müsste und mit einem Ausblick ins Tal, der selbst verwöhnte Weltreisende in Begeisterung versetzt, und die zwei Sterne müssen an der Prüfungskommission vorbei direkt vom nahen Himmel gefallen sein. Vielleicht gelten sie auch gar nicht dem *albergo/ristorante*, sondern den verwitterten

Bildern an der gewaltigen Betonmauer direkt vor dem Eingang.

Leider nicht zutreffend ist allerdings die Vermutung, ein Picasso oder ein Chagall hätten die einst farbenfrohen Werke hinterlassen, weil ihnen Geld für Speis und Trank fehlte. Verewigt haben sich hier nur Studenten einer benachbarten Kunstkommune. Zum Glück gibt es einen Standort, von dem aus man das Äußere der *Sole* nicht sieht, und das ist der Speisesaal.

Dort trifft sich mittags und abends, an sieben Tagen in der Woche, eine Gesellschaft, die in ihrer Tragik und ihrer Komik für einen Fellini-Film ausgewählt sein könnte. Da sitzen die Land- und Bauarbeiter, grob, laut und derb, ihre Haut ist von der Sonne furchig-braun gegerbt, das Brot brechen sie wie einen morschen Olivenast, den Löffel führen sie wie Schraubschlüssel und das Messer wie eine Waffe.

Und am Tisch daneben sitzt, residierend hinter vier Rosen aus Kunststoff, Angela Agamemnon. Still und zerbrechlich. Wie der berühmte Name verrät, stammen ihre Vorfahren aus Griechenland, und irgendjemand hat die 90-Jährige in die *Sole* abgeschoben, wo sie der Blick ins Tal zur Poetin machte.

Ihre Geschichten handeln vom Rauschen der Oliven, vom Zwitschern der Vögel und von den grünen Bergen, die sie jeden Tag aus ihrem Zimmer über dem Speisesaal sieht. In schöner alter Handschrift hat sie die Reime aufgeschrieben, mit bunten Blumen verziert und hinter Glas gerahmt an die Wände der Bar und des Speisesaals gehängt.

Es stellen auch noch andere Künstler aus – und keineswegs nur Dilettanten, wie das Stillleben mit Zitronen beweist. Irgendjemand hat sogar einen ziemlich originalgetreu gestalteten Stier als Plüschtier mitgebracht, und mit etwas Wohlwollen können auch die als Garderobe an die Wand genagelten Wildschweinklauen als moderne Kunst durchgehen.

Da die Zufahrt zur *Primo Sole* so eng ist, dass kein Bus hindurchpasst, blieb ihr die touristische Vermarktung bislang erspart, ganz abwehren konnte sie die Fremden jedoch nicht. Es sind vorwiegend Bewohner der benachbarten deutschen Zweithaussiedlungen, die nach der Flucht ins einfache Leben nun auch Anschluss zum einfachen Volk suchen, aber nur selten finden. Denn schon die Sitzordnung im Speisesaal verhindert allzu nahen Kontakt, den gesundheitlich erschöpfte und finanziell gesättigte Zahnärzte und die ihre Praxen schmückenden Künstler durch Italienischkurse an der Volkshochschule in *bella Italia* mühelos herzustellen glaubten.

Marisa, die Wirtsfrau, weist streng die Plätze zu: links die Einheimischen, rechts die Fremden, und nur in Ausnahmefällen ist eine Vermischung erlaubt. Arm und Reich seien da getrennt, könnte man meinen, aber der Schein trügt. Nicht jeder, der in der einheimischen Saalhälfte den Anschein erweckt, er habe seine letzten Euro für ein warmes Essen zusammengekratzt, muss Mitleid hervorrufen.

Das gilt etwa für Felice. Wenn er kommt, liefert er bei Marisa in der Küche Salatköpfe und grüne Boh-

HAUSHERRIN UND MARATHONLÄUFERIN MARISA

nen ab, als Gegenleistung braucht er Essen und Wein nicht zu bezahlen. Dabei könnte er sich leisten, jeden Abend im feinsten Ristorante im Tal von Garlenda zu speisen, im *Rosalina* zum Beispiel, wo die reichen Mailänder vom benachbarten Golfplatz ihre prall gefüllten Brieftaschen zücken. Felices Euros sind sogar ziemlich ehrlich verdient, denn ihm gehört nicht nur ein Campingplatz direkt am Meer, der in der Saison den Wert einer Goldgrube hat, er besitzt auch umfangreiche Ländereien mit Gewächshäusern, in denen er Dill für Deutschland anpflanzt. Waldstücke auf den Hügeln der Umgebung gehören ihm auch, dazu einige ebenfalls lukrative Immobilien.

Eine Zeit lang „besaß" er sogar eine deutsche Frau, aber die hat sich mit ihrer Tochter davongemacht. Seither blickt Felice einmal im Monat so grimmig über das schöne Tal der Lerrone, als habe die *Guardia Finanzia* gerade seinen wahren Wohlstand entdeckt.

Aber es ist nur der Tag, an dem er den saftigen Scheck für den Unterhalt an Frau und Tochter überweisen muss. Weglaufen und dann noch bezahlt werden, wenn das nicht ungerecht sei, klagt er und schiebt als Beweis für den erneuten Anschlag auf sein Bankkonto den Überweisungsauftrag über den Tisch.

Über so banale Dinge wie Geld spricht Ricardo dagegen nie. Er berichtet von einem wunderbar tragenden Apfelbaum oder von dem neuen Holz, das er gerade aus dem Wald geholt hat, oder von einer kräftigen Fuhre Dung. Er erzählt auf Deutsch so perfekt wie auf Italienisch, denn schon in den 1960er-Jahren kam er auf verschlungenen Wegen in den Süden, ist inzwischen auch im Sinne des Gesetzes ein echter Italiener geworden und hat es zu bescheidenem Wohlstand gebracht.

Martino dagegen gehört zu den Verlierern. Als Elektroschweißer war er im Schiffbau tätig. Die Branche schrumpfte, und Martino gehörte zu den „Freigesetzten". Irgendwie ist er auf die schiefe Bahn geraten, wohnt in einer ausgedienten Garage, hilft hier und da ein bisschen. Dabei ist er gescheit und lustig, hat aus der Schulzeit sogar ein wenig Deutsch behalten.

Zur *Primo Sole* kommt er mit einem Moped, das jeder TÜV-Prüfer sofort aus dem Verkehr ziehen würde. Am gefährlichsten sind Martinos Nachtfahrten ohne

Martino II:
„Mir geht
es gut."

Licht, dazu noch auf der mörderischen *Via Aurelia*. Sind die Abende schon kühl, stopft er sich bei der Abfahrt alte Zeitungen unter die Jacke.

Einmal, als in der *Sole* spontan und heftig getanzt wurde, da zerbrach seine Brille. Drei Tage musste er auf die Reparatur warten und sah in dieser Zeit fast nichts. Ein anderer hätte *„porca madonna"* geflucht, doch Martino lachte und sagte: „Keine Brille, keine Arbeit, mir geht es gut."

In der *Primo Sole* erfährt der Gast nicht nur die neuesten Nachrichten – entweder aus dem ständig laufenden Fernseher oder für den örtlichen Bereich aus erster Hand –, der zweigeteilte Speisesaal verwandelt sich manchmal auch ziemlich überraschend in ein Varieté oder jedenfalls in etwas Ähnliches.

Wie man Felice seine Geschäftstüchtigkeit nicht ansieht und der Dame Agamemnon nicht ihre poetische Ader, so käme kein Ortsfremder auf den Gedanken, etwas Besonderes von den drei alten Männern zu erwarten, die nach dem Essen je eine Flasche Rotwein leeren, noch einen *caffè* bestellen und mit einem Grappa die gute alte Zeit hochleben lassen. Doch statt des Glases hält einer plötzlich eine Gitarre in der Hand, die Gespräche verstummen abrupt, und dann singen und spielen die drei Alten von Liebe und Tod, von Rosen und von der Jugendzeit. Die noch verbliebenen Gäste rücken zusammen, melden Musikwünsche an, applaudieren mit südländischer Leidenschaft, stimmen, mutig geworden, selbst ihr italienisches Lieblingslied an.

Sogar der stets grimmig an seinem Stammplatz sitzende und die Arbeit seiner Frau Marisa beobachtende *padrone* Rino ist von dem musikalischen Nachtisch angetan. Man erkennt es daran, dass er mitten in einer Verfolgungsjagd das dröhnende Fernsehgerät ausschaltet und dann, um die Rührung durch nichts zu behindern, die dritten Zähne neben sich auf den Tisch legt.

Nur Marisa hat keine Zeit für die Musikanten. Sie trägt das Geschirr ab, bringt hier noch einen *caffè* und dort ein *dolce*. Sie läuft wie aufgezogen auf kurzen, krummen Beinen. Sie läuft von morgens bis in die Nacht, und man kann sich nicht vorstellen, dass im Bett nicht wenigstens die Füße weiterlaufen.

Marisas Tag beginnt irgendwann in der Morgendämmerung, wenn sie erst die kranke Tochter versorgt, dann nach den alten Pensionsgästen blickt, die Zimmer säubert, den kleinen Lebensmittelladen neben dem *ristorante* öffnet, die ersten Kunden bedient, die eingehenden Waren entgegennimmt, das Mittagessen vorbereitet, die Bar vor dem Speisesaal eröffnet, sich Gedanken macht, wie das Abendessen aussehen kann.

Nur am Wochenende hilft ihr die taubstumme Schwester beim Servieren. Ist der allerletzte Tisch besetzt, trägt manchmal sogar der *padrone* höchstpersönlich einen Suppenteller in den Speisesaal. Dann achte man besser nicht auf die beiden knorrigen und verdächtig dunklen Daumen.

Marisa kocht vorzüglich, und vor lauter Arbeit hat sie offenbar seit Jahren nicht die Zeit gefunden, um die Preise anzuheben. Das gesamte *menu* einschließlich *caffè* und eine Flasche Wein kostet acht Euro und kann keiner vernünftigen Kalkulation standhalten.

Würde Marisa, die ewig Laufende, einmal stillstehen oder gar stillliegen müssen, eine Sonnenfinsternis könnte in der *Primo Sole* keinen größeren Schrecken hervorrufen. Der *padrone* würde verzweifelt die Fernbedienung des schreienden Fernsehgeräts durchprobieren, als könnte eines der zehn Programme Hilfe bringen, die Poetin Agamemnon würde betrübt an ihrem Glas Mineralwasser schlürfen, das sie mit zwei Tropfen Rotwein veredelt, die Musiker würden nicht aufspielen und die übrigen Gäste ratlos in die Runde blicken.

Aber niemand kann sich erinnern, dass Marisa je das Laufen eingestellt hat. Klein und grau zieht sie wie eine Marathonkämpferin ihre Bahnen. Von der Küche in die Bar, zu den Tischen, zu den Gläsern, zu den Flaschen, zu den Tüchern.

Und der *padrone* sitzt mit Wohlgefallen hinter seiner Weinflasche, lässt die falschen Zähne vorschnellen und hält sie mit der Zunge kurz vor dem Fall zurück, blättert in den Fernsehkanälen wie in einem Bildband und blickt zwischendurch nachdenklich auf seine noch immer nicht sehr sauberen Daumen.

Eines Abends bleibt sein Platz leer. Alle Gespräche sind gedämpft. Schreckliches war am Vortag passiert. Rino, der *padrone*, wollte zum Pilzesammeln in den nahen Wald. Da der Weg für seinen Pkw zu ausgefahren ist, nimmt er den Trecker. Kurz nach der Abfahrt sieht ein Dorfbewohner den umgekippten *trattore*. Rino liegt zerdrückt unter dem Fahrzeug. Ein Herzinfarkt soll es gewesen sein oder ein Zuckerschock.

Zur Beerdigung kamen mehrere Hundert Trauergäste. Ein Minister wäre nicht würdiger zu Grabe getragen worden.

Nur einen Tag bleibt die *Primo Sole* geschlossen.

Dann lief Marisa wieder ihren Marathon.

Riccardo vor einem
seiner Werke

Riccardo, der Künstler

Schluss, aus, nie wieder kommt mir eine Frau ins Haus!
Ob der Schwur dieses Mal hält? Riccardo und die Frauen – es ist eine unendliche Geschichte, die immer wieder neu geschrieben werden muss.

Riccardo sieht aus wie Anthony Perkins und gilt als der interessanteste Mann im Tal der Lerrone. Trotz seiner nun 68 Jahre. Er ist groß, schlank, muskulös, ohne den für italienische Männer seines Alters so typischen Bauch. Riccardo ist allerdings auch kein Italiener, was man jedoch nicht merken, sondern nur wissen kann. Denn kein Akzent verrät seine deutsche Herkunft, selbst den ligurischen Dialekt mit seinen Üs und Ös spricht er perfekt.

Vor mehr als dreißig Jahren kam Riccardo mit dem wirklich sehr deutschen Namen Richard aus der Bodenseegegend nach Italien. Man ahnt, wie ihm damals die Herzen zugeflogen sein müssen. *Il tedesco* sah aber nicht nur attraktiv aus, er war auch tüchtig, konnte fast alles, vor allem mit Holz.

Häuser, die Riccardo gebaut hat, sind unverkennbar. Besonders das der Margarethe von Volkmann, auf halbem Weg zwischen Casanova Lerrone und der Frazione Poggio. Dort trägt alles Riccardos Handschrift. Die Raumaufteilung, der Putz, die wieder instandgesetzte alte Treppe mit den ausgetretenen Schieferplatten, die

Böden und vor allem die goldgelb glänzenden Balken und Verstrebungen. Kein gewöhnlicher Handwerker war hier am Werk, sondern ein Künstler.

Während Bauherren normalerweise nach dem Einzug berichten, welche Katastrophen sie mit den Handwerkern erlebt haben, wird Riccardo mit Ruhm geradezu überschüttet. Selbst die ebenso liebenswürdige wie zurückhaltende Margarethe von Volkmann geriet ins Schwärmen, wenn sie von den Tagen mit Riccardo erzählte.

Wie sorgfältig er jeden Balken polierte, als wäre er aus purem Silber, und wie er die Ecken der Wände nicht scharfkantig, sondern in sanften Rundungen abputze. Er hatte da schließlich beträchtliche Erfahrungen am lebenden Objekt. Sein ganzes Berufsleben lang hätte Riccardo sägen und hobeln und mauern können, denn die Nachfrage war groß – ein *rustico* aus Natursteinen im Land, wo die Zitronen blühen, das ist schließlich ein typisch deutscher Traum.

Doch dann passierte das Unfassbare. Mitten im Bauboom wollte Riccardo plötzlich keine Häuser mehr bauen. War er etwa krank geworden? Danach sah er nicht aus. Hatte er einen Jackpot geknackt oder eine mächtige Erbschaft gemacht? Nein, auch nicht. Er wollte Künstler sein. Und zwar ein echter. Eine Laune sei es. Sie werde sich geben, so hieß es. Und wahrscheinlich sei wieder einmal eine Frauengeschichte übel ausgegangen. Alles falsch. Dass der Abschied vom Bau wirklich ernst gemeint war, ließ sich nicht länger bezweifeln, als Riccardo Hobelbank und Bandsäge, dazu das gesamte übrige Inventar seiner Schreinerwerkstatt verkaufte. Stattdessen schaffte er Pinsel, Farben, Leinwand nebst Staffelei an und begann zu malen.

Muss man die Kunst nicht mühsam lernen wie Schreiben und Musizieren, wie das Tischlern und das Maurern? Im Prinzip ja. Doch es gibt Naturtalente, und zu denen gehört Riccardo. Er packte sein neues Werkzeug ein, setzte sich in die noch so unverdorbene Landschaft des Lerrone-Tals und malte, was er sah: knorrige Oliven, Dörfer, die zwischen Terrassen am Hang mäßig hoher Berge kleben, auch Stillleben mit Früchten, Flaschen, Töpfen und Vasen. Menschen nicht, denn die kann er nicht malen, und Riccardo macht keinen Pfusch.

Kunstkenner sagen beim Blick auf die Bilder: Na ja, ganz ordentlich. Aber wer mit Riccardo gebaut hatte, war stolz über die Entwicklung des Handwerkers zum Künstler und kaufte das Bild zum Haus. Bald hingen Riccardos Bilder in der *Primo Sole*, im Wohnzimmer der pensionierten Lehrerin, in der Bar, beim Öl- und beim Weinhändler. Es gab richtige Ausstellungen, und entsprechend erfreulich entwickelte sich auch der geschäftliche Teil der neuen Tätigkeit.

Doch klein ist die Zahl derjenigen, die im Tal der Lerrone neben der Begeisterung für Wein und Grappa, für die Wildschweinjagd und das Pilzesammeln auch noch Sinn für Kunst haben. Bald malte Riccardo nur noch für die kleine Galerie im Untergeschoss seines eigenen, liebevoll gebauten *rustico*. Und als alle Wände mit knorrigen Oliven und Dörfern am Hang behängt waren und nur noch sehr selten jemand 1.000 Euro in einen echten Riccardo investieren wollte, da wurde aus dem Künstler notgedrungen wieder ein Handwerker. Allerdings ohne die frühere Begeisterung. Der Rücken schmerzte, das Alter drückte zusätzlich, im Haus herrschte eine Frau, die mit Worten warf. Gehetzt, gebeugt und grau kam Riccardo am Abend in die *Sole*, trank schnell ein Glas Wein, noch schneller ein zweites für den Heimweg, und verschwunden war er.

Und dann beschloss Riccardo einmal mehr, seinem Leben eine Wende zu geben. Jemand, der aussieht wie Anthony Perkins, der hat es doch wohl nicht nötig, allein in einem abgelegenen Bergnest sein Leben zu fristen. Zu kochen und zu waschen, das Haus zu putzen und zusätzlich noch nach anderer Leute Pfeife zu tanzen.

Eine neue Frau musste her, etwas Solides, etwas fürs Leben. Und was Riccardo macht, das macht er, wie gesagt, gründlich. Also gab er in der besten deutschen Wochenzeitung eine sündhaft teure Anzeige auf. Mit dem Inhalt: Welche gute, alleinstehende Frau will in einem besonders schönen Teil Italiens ein neues Leben anfangen?

Wie sich denken lässt, hatten von einem solchen Angebot schon lange viele gute alleinstehende Frauen geträumt. Entsprechend groß war die Resonanz. Riccardo, der Frauenkenner, trennte zunächst die Spreu vom Weizen, zog ein halbes Dutzend Bewerberinnen in die engere Wahl, traf sich mit den ganz heißen Favoritinnen und kam schließlich zu einer Entscheidung. Nennen wir sie Augusta aus Husum, von Beruf Schneiderin, außerdem Hobbytaucherin in der Südsee. Umsiedlung sofort.

Ein anderer Riccardo kam nun des Abends in die *Sole*. Nicht mehr gebeugt und grau, sondern strahlend, verjüngt und vor Begeisterung sprühend. Eine tolle Frau sei das, wie für ihn geschaffen, und keinen Abend lasse man aus. Der Rücken schmerzte nicht mehr, die Arbeit ging leicht von der Hand. Riccardo war als Baumeister wieder sehr gefragt. Die Wende schien perfekt gelungen.

Ach, Riccardo, du Frauenkenner, warum hast du das Elend nicht geahnt? Schon anderthalb Jahre nach der eiligen Hochzeit flogen Teller, erzählten die Nachbarn schreckliche Geschichten, musste sich Riccardo im eigenen Haus verkriechen, schlich am Abend wie ein geprügelter Hund in die *Sole*. Aus, vorbei, Anwalt, Scheidung, Geld weg, das halbe Haus auch.

„Nein, nie mehr eine Frau!", schwor er bei jedem Glas *vino* aufs Neue. Gleichzeitig nahm er – vielleicht noch unbewusst – den ersten Blickkontakt mit der nicht unattraktiven Blondine am Nebentisch auf.

Trügerisches Idyll: Irgendwo im grünen Tal der Lerrone wüten die Wildschweine.

Auf der Jagd

Jedes Jahr im September scheint das Tal der Lerrone von einem erbarmungslosen Feind bedroht zu sein. Aber ganz offensichtlich ist zumindest die männliche Bevölkerung fest entschlossen, Leben und Besitz bis zum letzten Blutstropfen zu verteidigen. Überall werden Gewehre geölt, Patronen gezählt und die olivgrünen Kampfwesten zum Auslüften auf die Balkone gehängt. Und je mehr sich der September seinem Ende nähert, desto hektischer werden die Vorbereitungen auf den bevorstehenden Kampf.

In der Endphase des Countdowns werden sogar die Frauen mit einbezogen.

Doch wie vor richtigen Feldzügen stricken sie keine Socken und bügeln auch keine Uniformen für die Helden in spe, sondern sie leeren Kühltruhen von Restbeständen und prüfen die Schärfe der großen Fleischmesser.

Die Eröffnung der Wildschweinjagd steht bevor.

Ehe deutsche Jäger auf ihren Hochsitz klettern, weisen sie entschuldigend darauf hin, dass sie es vorwiegend wegen der Hege und Pflege tun. Ihre italienischen Kollegen bevorzugen eine deutlichere Sprache: Man müsse die Biester alle umlegen, ausrotten, und zwar erbarmungslos. Gleichzeitig werden auf dem Küchentisch noch einmal drohend die Patronen gezählt, und die Flinte erhält eine zusätzliche Portion Öl.

Wehe dem Tierfreund oder Vegetarier, der in dieser aufgeheizten Stimmung für die potenziellen Opfer ein gutes Wort einlegt. Selbst der geringste Anflug von Milde stößt auf Unverständnis und ist mit Defätismus in Kriegszeiten vergleichbar. Und diese Gnadenlosigkeit ist verständlich, denn jedes Übel und fast jedes Missgeschick, das sich im Tal der Lerrone ereignet, geht auf das Konto der *cinghiali*. Wenn die Trauben für den roten Barbera und den weißen Pigato nicht so reichlich sprießen wie erwartet worden war, können nur die Wildschweine über sie hergefallen sein.

Allerdings müssen einige der vierbeinigen Waldbewohner mit Leitern gekommen sein, denn auf den meisten Terrassen hängen die Reben gut zwei Meter hoch.

Bringen die Tomaten nicht den erhofften Ertrag, man ahnt schon, wer die Schuld trägt, und landet jemand nach zehngängigem Menü und den dazugehörenden Portionen Wein und Grappa bei der Heimfahrt an einem Olivenbaum, dann hat ihn natürlich eine Rotte besonders wilder Wildschweine aus der Kurve gedrängt.

Zehn Monate im Jahr fühlen sich die Menschen im Tal der Lerrone den *cinghiali* wehrlos ausgesetzt. Dann endlich ist der Tag der Rache gekommen. Vor Sonnenaufgang versammelt sich die zwei Dutzend Köpfe zählende Schießgesellschaft am Waldrand. Jede *squadra* hat ihr abgestecktes Revier, und sobald sich einigermaßen erkennen lässt, was Baumwurzel ist oder vielleicht Wildschwein sein könnte, ist die Sonntagsruhe im Tal vorbei, noch ehe sie begonnen hat. Das Echo verwandelt einzelne Schüsse in wahre Feuersalven, sodass der Verdacht aufkommt, auch Maschinengewehre würden eingesetzt. Das Gebell der Hunde mischt sich mit den Triumphrufen oder den Flüchen der Schützen.

Trifft man am Abend den Bauern Vincenzo oder Mario den Maurer, dann können sie von einem Tag Geschichten erzählen wie Kriegsteilnehmer am Ende eines ganzen Feldzugs: Wie der Feind aufgespürt und in die Enge getrieben wurde, wie er versuchte zu fliehen oder gar anzugreifen, wie er getroffen und sogleich darniedersank oder wie er trotz schwerster Wunden zunächst entkommen und dann nach aufregender Verfolgung doch gestellt werden konnte.

Dies ist allerdings eine sehr grobe Zusammenfassung. Wer Einzelheiten erfahren will, der begebe sich nach Abzug des Pulverdampfes in die *Primo Sole*, hoch über dem Tal der Lerrone gelegen. Hier treffen sich die *cacciatori*, um beim gemütlichen Beisammensein noch einmal gründlich den Jagdausflug zu diskutieren.

Hat ein stiller Beobachter den Mut, sich an den einzigen noch freien Tisch zu setzen, dann könnte er diesen Entschluss schon nach wenigen Minuten bereuen; denn der Lärmpegel der martialisch gerüsteten Jagdgesellschaft gleicht dem eines startenden Düsenjägers. Unangebracht sind allerdings Befürchtungen, die in ihrem Äußeren an Straßenräuber erinnernde Versammlung werde jeden Augenblick übereinander herfallen, um das zuvor im Wald begonnene Blutbad noch vor dem Hauptgericht fortzusetzen. In Wirklichkeit gleichen die Gespräche dem Fachsimpeln von Fußballfans, die nach gewonnener Schlacht noch einmal Tore, Strafstöße und Rote Karten diskutieren.

Doch um noch einmal auf die Opfer zurückzukommen: Wenn die Wildschweine im Tal der Lerrone durchaus Mitleid verdienen, dann nicht zuletzt deshalb, weil sie besonders heimtückisch verfolgt werden. Wer den Sonntag überlebt hat, traut sich verständlicherweise am Montag nicht aus seinem Versteck im Unterholz. Doch kein Jäger erscheint. Nichts als ein übler Trick, sagt sich das schlaue Schwein und bleibt auch noch am Dienstag in Deckung. Da wieder nichts passiert, vermutet es am nächsten Tag, die Gefahr sei vorbei – und das ist ein tödlicher Irrtum. Neben dem Sonntag ist nämlich am Mittwoch das Jagen wieder erlaubt.

Völlig abwegig sind übrigens Vermutungen, an einem Werktag sei die *squadra* vielleicht nur schwach besetzt, da doch gewiss das eine oder andere Mitglied an seinem Arbeitsplatz benötigt werde. Wer so denkt, unterschätzt die Bedeutung des jährlichen Rachefeldzugs gegen die Verursacher allen Übels im schönen Tal der Lerrone. Keine Arbeit ist nämlich derart wichtig, als dass sie nicht auf den Donnerstag verschoben werden könnte, und wenn Mario der Maurer am Tag der Jagd den Betonmischer anwerfen würde, statt das Gewehr zu schultern, es wäre so ähnlich, als würde der Kapitän der Nationalmannschaft beim Endspiel mit der Begründung fehlen, er müsse just zum Zeitpunkt des Anpfiffs den Rasen im Vorgarten mähen.

Wie nach einem erfolgreichen Jagdausflug die Beute verteilt wird, gehört zu den Geheimnissen jeder

Nach der Jagd: Giulia mit Tochter Marina und Schwiegersohn Marco am Grillplatz

In der Cantina: Jäger Vincenzo speist mit Familie und Freunden.

squadra. Eines Abends kurvt jedenfalls Vincenzo der Bauer mit seiner zweitaktigen und dreirädrigen *ape* so schwungvoll auf den winzigen Dorfplatz von Poggio, als habe er heimlich am Formel-1-Training teilgenommen. Noch ehe man ihm die überflüssige Frage stellen kann, ob etwas Wichtiges zu berichten sei, schlägt er die Abdeckung der Ladefläche zurück: Fünf Erzfeinde liegen da in ihrem Blut, wirklich riesengroß und selbst im leblosen Zustand noch furchterregend.

In Vincenzos Magazin mit den 2000 Liter fassenden Weinbottichen warten schon fünf Tiefkühlgräber auf die Jagdbeute. Als Vorrat für schlechte Zeiten, die natürlich nie anbrechen.

Ehe die Keulen und Rippen und Schulterstücke in den Truhen verschwinden, hat sich Giulia, die Hausfrau, einige besonders zarte Teile gesichert. Sie sind für den Abend mit Freunden bestimmt, und nachdem schon Stunden zuvor betörende Düfte durch das Dorf gezogen sind, serviert Giulia wieder eine Delikatesse, die alle Sterne der Kochkunst und zusätzlich die aus dem Himmel über Poggio verdient.

Zu seinen vielen Freunden zählt Vincenzo an diesem Abend ausdrücklich auch die Wildschweine. Allerdings nur die in den fünf Gefriertruhen.

Der grosse Regen

Che disastro!, ruft Vincenzo bei jedem Treffen und zählt die Wochen ohne Regen auf. Sieben, acht, neun. Der Wein, das Gemüse, der Wald. *Tutto secco secco.* Eine wirkliche Katastrophe. An eine ähnliche Trockenheit könne er sich nicht erinnern.

Und wie zur Bekräftigung der Klage zieht eines der plumpen, gelben Flugzeuge im Tiefflug durch den Himmel. Über einen Rüssel hat es Wasser aus dem Meer aufgesogen und ist auf dem Weg zu einem der hell lodernden Berghänge.

Und wenn am Ende des Sommers die Natur fast, aber nie ganz verdurstet ist, kommt das nächste *disastro*. Gerade noch war der Himmel strahlend blau, da sind am Abend plötzlich die Sterne verschwunden, und die in den Nächten zuvor knapp über den Nullpunkt gesunkene Temperatur steigt um mehrere Grade. Kurz nach Mitternacht fallen die ersten Tropfen, und dann ergießen sich Wassermassen über das Tal, als hätten tausend gewaltige Löschflugzeuge ihre Tanks geöffnet.

Wenn es hell wird, sind die ewig grünen Berghänge nicht mehr zu erkennen, aus tiefen, grauen Wolken fällt rauschend das Wasser.

Vincenzo und alle anderen Dorfbewohner müssten auf der Piazza versammelt sein und mit erhobenen Armen dem Himmel für die so lange entbehrte Tränkung danken. Doch Poggio ist tot, und alle anderen Dörfer der Umgebung sind es auch. Als hätte sich ein tödlicher Pesthauch über das Tal gelegt. Man könnte in der Garage die dreirädrige *ape* reparieren oder im Weinkeller die Fässer reinigen und Flaschen spülen. Doch dem Regen gelingt, was die brennende Sonne nicht schafft: Er lähmt alle Aktivitäten und setzt gleichzeitig alle Regeln außer Kraft.

„Also dann bis morgen früh um neun", hatte sich Domenico am Abend verabschiedet. Mit dem Regen ist die Verabredung automatisch aufgehoben. Er kommt zur Erledigung der Reparatur am nächsten oder übernächsten Tag nicht etwa mit einer Entschuldigung. Ein Regentag zählt als Zeitmaß einfach nicht.

Die Folgen der vom Himmel stürzenden Wassermassen sind oft schlimmer als die sommerlichen Trockenperioden. Zwölf Stunden genügen, und die zuvor träge Richtung Meer fließende und bequem zu durchwatende Lerrone ist gefährlich angeschwollen, hat die ersten Übergänge unpassierbar gemacht. Tausend Rinnsale stürzen die bewaldeten Berghänge hinunter, überqueren als flache Flüsse die Straßen, reißen die ersten Terrassenmauern ein, waschen die Wurzeln jahrhundertealter Oliven aus und lassen die Bäume abstürzen. Durch die aufgerissenen Lücken der mit Natursteinen ohne Zement errichteten Mauern rutschen lawinenartig Lehmmassen zu Tal, blockieren Straßen, Schienen, können ganze Häuser zerstören.

Um die Jahrtausendwende prasselte der Regen nicht einen Tag, sondern eine ganze Woche lang und verursachte eine wirkliche Katastrophe. Die Lerrone und die aus den benachbarten Tälern kommenden Arroscia und Neva führten so viel Wasser in die bei Albenga im Meer mündende Centa, dass deren breites und zuvor nie ganz gefülltes Bett überquoll. Innerhalb kürzester Zeit ergossen sich die Fluten in die historische Altstadt, rissen die in zehn Meter Höhe über den Fluss führende stählerne Brücke davon. Da niemand mit derartigen Naturgewalten gerechnet hatte, war der materielle Schaden gewaltig.

Inzwischen verbindet eine ähnliche Brücke die beiden Flussufer. Mit armdicken Stahlseilen und einer gewaltigen roten Bogenkonstruktion. Hundert Regentagen würde sie trotzen.

Einige Kilometer landeinwärts in Villanova d'Albenga ist eine ähnliche Brücke entstanden. Die Lerrone ist an dieser Stelle zwar nicht annähernd so breit wie die Centa, auch droht hier keine Überschwemmung, die neue Brücke aber lässt einen Meeresarm vermuten. Ganz offensichtlich ist es das Werk besonders stolzer Gemeindeführer, die es den Kollegen in Albenga möglichst gleichmachen wollten. Und nachdem sich der 2600-Seelen-Ort schon einen kaum genutzten Flugplatz und eine ebenso unnütze, gewaltige Pferderennbahn geleistet hat, wäre eine ganz normale Brücke wirklich aus dem Rahmen gefallen. Und wenn jemand fragt, ob das benötigte Geld vielleicht zusammen mit dem Regen vom Himmel gefallen sei, dann heißt es „Europa" oder auch bösartig „Geldwäsche".

„*Che disastro*", jammert Vincenzo am Tag nach dem großen Regen. Der Wein, das Gemüse, der Wald, alles *perduto*. Und anders als bei der Dürre, fallen die vorwiegend deutschen Ferienhausbesitzer in die Klage ein. Im heimischen Domizil wird die Miete gekürzt, wenn durch das Fenster ein Wassertropfen sickert. Im italienischen *rustico* löst der erste Sturzregen Panik aus. Es tropft durchs Dach, fließt durch die Terrassentüren. Und schlägt auch noch ein Sturm den Regenvorhang gegen die Natursteinfassade, dann wird selbst eine meterdicke Außenwand durchlässig wie ein Sieb.

„Das Haus ist praktisch ruiniert", konstatiert der Neuankömmling mit Leidensmiene, wie man sie von Erdbebenopfern kennt. Der erfahrene *rustico*-Bewohner dagegen weiß, dass alles halb so schlimm ist, wie es zunächst aussieht. Denn wo Regen durchschlägt, kommt auch Luft durch, und nach einigen Sonnentagen sind die Wände wieder trocken. Und da Tapeten nicht abfallen können, weil es in weiser Voraussicht in den Landhäusern keine gibt, reichen ein halber Eimer Kalk und ein guter Quast, um die vermeintliche Ruine wieder vollständig zu restaurieren.

Manchmal aber muss wirklich echtes Lehrgeld gezahlt werden. Ein Münchener Ehepaar hatte sich in sicherer Höhe über dem Goldplatz von Garlenda sein neues Haus gebaut. Sie schlossen im Spätsommer sorgfältig ab und am Weihnachtstag wieder auf. Das Wasser hatte sich erst auf der Terrasse gesammelt. Als Blätter den Ablauf verstopften, suchte es sich seinen Weg durch die Terrassentür, sammelte sich im Zimmer, wanderte von dort durch Decken und Wände in die darunter liegenden Räume, verteilte sich in Betten, Schränken,

Sofa, Teppichen, wartete vergeblich auf Entdeckung nebst frischer Luft, verwandelte Kissen und Decken, Läufer, Wäsche und Polster in muffige Landschaften.

Als sich am Weihnachtstag die Türen öffneten, wünschten die Nachbarn zunächst *buon natale*, und dann riefen alle im deutsch-italienischen Chor: „*Che Katastrophe.*"

TIEF HÄNGEN DIE REGENWOLKEN ÜBER DEN LETZTEN RUINEN VON POGGIO.

„La voce" lacht.

Valerios Glück

Diese Stimme! Man muss sie gehört haben. Und dann dieses Lachen! Es klingt so infernalisch, so schmutzig und auch unendlich komisch.

Ein Jammer, dass Valerio Olivenbäume schneidet, auf den Terrassen des Lerrone-Tals die wild wuchernden Brombeeren mäht und bei Bauarbeiten Handlangerdienste leistet. In ein Filmstudio gehört er, um dort dem miesesten Schurken seine Stimme zu leihen! Man mag es nicht glauben, dass ein menschlicher Körper in der Lage wäre, dieses tiefe, krächzende Schaben hervorzubringen. Wenn es doch gelingt, dann sind dazu langes Training und vor allem viele Tausend Zigaretten notwendig.

Nur 30 am Tag, behauptet Valerio und lacht, dass die Gläser auf dem Tisch vibrieren. Allein 30 oder besser 60 Zigaretten am Tag reichen allerdings nicht, um *la voce* genannt zu werden. Täglich zwei Flaschen herber Rotwein und den einen oder anderen *limoncino* sind zusätzlich erforderlich.

Der Grundstein aber wurde in jungen Jahren gelegt. *„Fuoco russo"*, sagt Valerio, wirft sich eine imaginäre Olive in den Mund, gießt aus leerem Glas den ebenso imaginären 90-prozentigen Alkohol hinterher, schüttelt sich, als habe er das „russische Feuer" wirklich geschluckt, und lacht wieder teuflisch und ansteckend zugleich.

Fragt man ihn vorsichtig, ob das Trinken und das Rauchen seiner Gesundheit schaden könnten, dann wird Valerio plötzlich weise. Ohne *vizii* könne der Mensch nicht leben, weil ein Leben ohne Laster keinen Spaß mache und keinen Sinn habe. Als wolle er diese Lebensweisheit unterstreichen, klopft er eine weitere Zigarette aus der Schachtel und bestellt bei der lieblichen Camilla einen weiteren Limoncino.

Nun möge niemand glauben, *la voce* wäre das, was der Volksmund „asozial" oder gar einen „Penner" nennt. Mit einer solchen Einschätzung täte man ihm wirklich unrecht. Er geht morgens pünktlich zur Arbeit, sitzt mittags ebenso pünktlich in der *Primo Sole* am gut gedeckten Tisch, nimmt anschließend wieder eifrig den Kampf gegen Brombeergestrüpp und Olivenbäume auf, ist abends einer der Ersten am erneut reich gedeckten Tisch und findet trotz dieser Verpflichtungen noch Zeit für sein Stimmentraining, also für den Genuss von 30 oder 60 Zigaretten.

Da es für viele Laster ein Motiv gibt, könnte man vermuten, bei Valerio könnte es das Heimweh sein. Er lebt nämlich aus unerklärlichen Gründen fast immer in der Fremde.

Wer ihn nicht kennt, muss den Eindruck haben, seine Heimat liege irgendwo in weiter Ferne hinter allen Bergen und Meeren. Er erzählt von seinem Haus und von seinem Grappa, von seinen Pilzen und von seinen Kochkünsten. Auch der Name seines Heimatdorfes klingt so fremdartig, dass man es bestenfalls im allertiefsten Süden Italiens vermutet. Dabei stammt er aus dem Arroscia-Tal, genauer aus dem kleinen Dörfchen Gavenola (Borghetto d'Arroscia), nur 30 Kilometer von der *Primo Sole* entfernt.

Einer, der lacht wie Valerio, pünktlich zur Arbeit geht und trotz seiner 64 Jahre zupackt wie ein Junger, der würde gewiss auch daheim eine Beschäftigung finden. Zumal *la voce* glaubhaft versichert, nicht mehr verdienen zu wollen, als er zum Leben und für sein Stimmentraining unbedingt benötigt. Und woher stammt das nach einem langen Arbeitstag nicht immer ganz saubere T-Shirt mit dem Aufdruck „Espania"? Und woher weiß er, in welchem Hotel auf den Malediven das Essen besonders gut schmeckt und die Übernachtungen ausgesprochen günstig sind? Was für eine Frage! Natürlich, weil er hingereist ist.

Denn eines Tages hatte Valerio plötzlich viel mehr Geld, als er zum Leben benötigte. 50 Millionen Lire, gleich 25.000 Euro. Eine Erbschaft mit einer Geschichte, die die Stammgäste der *Primo Sole* miterlebt haben und die geradezu rührend anzusehen war.

Valerio hatte sich verliebt. Nichts Besonderes, könnte man meinen. Schon gar nicht für einen echten Italiener. Die Angebetete war aber nicht die umschwärmte Camilla, die eigentlich Lehrerin ist, aber seit Jahren in der *Sole* serviert und abräumt, einschenkt, Kaffee kocht, abwäscht und bei jedem Gast den Eindruck erweckt, er und kein anderer habe es ihr angetan. Nein, nicht Camilla hatte ein weiteres Herz gebrochen, sondern eine reife, genauer gesagt eine alte Dame, die sich dem 90. Lebensjahrzehnt näherte.

Alle lieben Camilla.

Mit ihr turtelte Valerio, dass es eine Freude war zuzusehen. Mal brachte er eine Rose an ihren Tisch, dann schmollten beide, und als Valerio es wagte, einer anderen Dame Komplimente zu machen, da brach sogar heftiger Streit aus. Alles vor Publikum. Eine echte und filmreife Liebesgeschichte war es, die sich über Wochen hinzog.

Eines Abends aber waren die beiden verschwunden. Wohin, das wussten nur wenige. Monate vergingen, und plötzlich saß Valerio wieder an seinem Stammplatz, lachte, dass die Gläser tanzten, pflegte seine Stimme mit viel Zigaretten und dem dazu gehörenden Limoncino und wandelte von Zeit zu Zeit ruhelos durch Schankraum und Speisesaal mit einer lässigen Eleganz, um die ihn jeder Dandy beneiden könnte.

Das tragische Happy End erzählt er nur in vertrauter Runde: Die alte Dame erkrankte, Valerio besuchte sie regelmäßig im Krankenhaus, ganz gewiss ohne Hintergedanken. Und als sie kurz vor ihrem 90. Geburtstag starb, war Valerio der Haupterbe. Zwar versuchte noch ein Verwandter, ihm die 50 Millionen Lire abzujagen, doch alle anderen Erbberechtigten bescheinigten ihm, er habe sich anständig verhalten, und daher sei er zu Recht belohnt worden.

Zwar lacht Valerio auch an dieser Stelle, doch wenn man ihn anschaut, glänzen seine Augen stärker als gewohnt, und es lässt sich nicht feststellen, ob die Ursache in der leeren Weinflasche und den drei *limoncini* zu suchen ist, oder ob doch die Erinnerung an die späte Liebesgeschichte noch zu frisch ist.

VINCENZO

Vincenzos Grappa-Gruft

Was ist die Grabkammer des goldenen Königs Tutanchamun im Vergleich zu Vincenzo Barberas Weinkeller?

Zugegeben, die knochentrockene Tiefe unter dem ägyptischen Wüstensand hat auch ihre Reize, aber den wahren Genuss des Lebens, den findet man nur in Vincenzos „Gruft".

Nun möge niemand beim Begriff „Weinkeller" an wacklige Regale mit nach Jahrgang geordneten Flaschenbatterien denken. Wen Vincenzo in die unterirdischen Tiefen seines großen Wohnhauses führt, der verspürt schon nach den ersten Schritten ähnlich aufregendes Herzklopfen wie in Kindestagen beim Einstieg in die Geisterbahn. Dabei deutet zunächst noch gar nichts auf ein Abenteuer hin. Wer die grüne Doppeltür unter dem Treppenaufgang das erste Mal sieht, könnte vermuten, sie führe in einen Abstellraum. Das aufmerksame Auge allerdings bemerkt Besonderheiten: Die Tür ist aus festem Eisen und hat zusätzlich ein sicheres Schloss. So sorgfältig schützt man keine rostigen Fahrräder, kein Handwerkszeug und kein Gartengerät.

Und ist erst einmal Verdacht geweckt, so fällt auch auf, dass Vincenzo die Tür selbst dann sorgsam verschließt, wenn ihn das Telefon aus dem Keller in die darüber liegende Wohnung ruft. Derartige Vorsicht muss

Neugierde nähren und die Frage auslösen: Was mag Vincenzo Barbera hinter der grünen eisernen Tür mit dem Sicherheitsschloss verbergen?

Weinvorräte, soviel wurde ja schon verraten. Aber das ist nicht alles, wie unschwer festzustellen ist, wenn Vincenzo bei geöffneter Tür in seiner Kellergruft rumort. Zu sehen ist allerdings wenig. Von der kleinen Piazza blickt man nur in ein tiefes Dunkel, das nicht drohend wirkt, weil ihm sehr angenehme Düfte entströmen. Sie verleiten erst zum Stehenbleiben, dann zum Nähertreten und schließlich zum vorsichtigen Kopf-in-die-Tür-Stecken.

„Venga, venga", ruft plötzlich eine Stimme aus der verlockend duftenden Dunkelheit, und Vincenzo taucht auf. Groß und kräftig, mit vollem grauen Haar und nagelneuen Zähnen, die ihn ein Vermögen gekostet haben. Offiziell ist er schon Rentner, aber man muss ihn auf den schmalen Terrassenfeldern arbeiten sehen, um seine Kraft und seine Ausdauer einschätzen zu können. Einen Zentnersack nimmt er auf die Schulter, als wäre er mit Luft gefüllt.

„Entra, entra", fordert Vincenzo noch einmal und hat auch schon zwei Gläser in der einen und eine Flasche in der anderen Hand. *„È Barbera"*, sagt er, *„molto buono"* und zeigt auf den Wein. Ein doppelter Barbera also. Und auch wenn er es nicht ausdrücklich sagt, so vermittelt Vincenzo gerne den Eindruck, dass der berühmte ligurische Landwein nach ihm, dem fleißigen Gemüsebauern aus der Frazione Poggio in Casanova Lerrone, benannt worden ist.

Ein Entrinnen gibt es jetzt nicht mehr, denn die ebenso bestimmte wie freundliche Einladung abzulehnen, käme einer Kränkung gleich. Gerade eine Minute mag seit dem ersten neugierigen Blick auf die geheimnisvolle Tür vergangen sein, und der harmlose Spaziergang über die kleine Piazza wird zur Entdeckungsreise in die Unterwelt. Ganz so dunkel, wie es von außen den Anschein hat, ist es in der Vorkammer der Weingruft allerdings nicht, denn die zur Hälfte geöffnete Tür sorgt für Licht, und an einer Ecke brennt zusätzlich eine trübe Glühbirne. An einer Seite der Wand stehen mächtige Holzfässer, in denen sich mühelos ein Mensch versenken ließe. *„Tutti pieni"*, sagt Vincenzo mit Stolz, und als der blassrote Barbera in die Gläser fließt, gleicht Vincenzo dem Geizigen, der über seine Schatztruhe gebeugt die Golddukaten durch die Finger gleiten lässt.

Nach dem zweiten Glas scheint noch mehr Licht in den Keller geflossen zu sein, denn jetzt sind neben den großen Fässern andere geheimnisvolle Gegenstände zu sehen. Schläuche und Pumpen und Gläser und Flaschen. In Regalen aufgereiht, in Kisten gestopft oder an Wandhaken hängend. Es riecht nach Leder und nach getrockneten Früchten, nach Wein und Gewürzen.

Kaum hat Vincenzo die beiden Gläser und die halb leere Flasche auf ein kleines Fass gestellt, wo sie geradezu danach verlangen, als Stillleben gemalt zu werden, da ruft er *„venga, venga"* aus einer neuen Dunkelheit. Er ist einige Schritte vorangegangen, und während er wieder seinen Lockruf ausstößt, entriegelt er gleichzeitig ein neues Schloss.

Es öffnet sich keine Tür, sondern ein schweres Eisengitter. Der eigentliche Schatz ist erreicht, und was beim goldenen Pharao im Tal der Könige die mit Kostbarkeiten gefüllte letzte Grabkammer, das ist in den nicht minder verwinkelten Gewölben unter dem großen alten Wohnhaus der Familie Barbera die gut gesicherte Gruft in der Gruft.

Wieder dauert es einige Minuten, ehe die Umrisse Formen annehmen. Es ist kühl und feucht und eng. In einem Regal liegen verstaubte Flaschen. Vincenzo nimmt eine so vorsichtig heraus, als wäre sie zerbrechlich und kostbar wie eine Ming-Vase, wischt sie mit dem Ärmel sauber und sagt, kaum überraschend: *„Barbera, molto buono e molto vecchio."*

Als er die Flasche zurücklegt, berührt er die Schnur mit den kleinen Glocken, die sogleich hell tönend Alarm schlagen. Wehe dem Unbefugten, der die Schlösser überwunden hat und sich schon im Besitz des Barbera-Schatzes wähnt. In Minutenschnelle wäre Vincenzo mit seinem Gewehr zur Stelle, und der Eindringling hätte keine Gnade zu erwarten.

Denn auch wenn Vincenzo stets freundlich lächelt und von seinen Erfolgen beim Anbau von Tomaten und Peperoni erzählt, niemand möge glauben, er verstehe dort noch Spaß, wo er wirklich aufhört, und dazu gehört das Betreten der Kellergruft, ohne dass ein einladendes *„Venga, venga"* vorangegangen wäre.

Welch strenges Regiment Vincenzo in der Familie führt, weiß jeder im Dorf, und unermüdlich, wie er von morgens bis abends auf den Feldern rackert, könnte man meinen, er wolle das Pensum seines Bruders Martino mit erfüllen, der im benachbarten Casanova mit gleicher Ausdauer vor seinem Restaurant sitzt und den Tag genießt. Vincenzo an einer Theke, dieses Bild wird im Tal der Lerrone keiner sehen. Nicht einmal zum Maurizio-Fest geht er, obwohl es knapp fünfzig Meter von seiner Weingruft entfernt mit beträchtlichem *rumore* seinen Lauf nimmt. Und diese Zurückhaltung ist insofern verwunderlich, als Vincenzo doch einem guten Tropfen – natürlich nur einem Barbera aus Eigenproduktion – keineswegs abgeneigt ist. Mag die Hitze noch so drückend sein, ehe er sich zu seiner Giulia an den Mittagstisch setzt, steigt er in die kühle Schatzkammer und kehrt mit einer Literflasche unter dem Arm zurück. Klettert er eine Stunde später in seine *ape*, um mit Tempo 25 zur Olivenernte zu fahren, dann fühlt er sich gestärkt für die zweite Hälfte des langen Arbeitstages. Und diese fröhliche Zufriedenheit ist nicht nur auf Giulias Kochkunst, sondern auch auf den guten Barbera zurückzuführen.

„*Venga, venga*", ruft Vincenzo, denn noch führt er ja durch seine Schatzkammer wie ein ägyptischer Guide durch die Gruft des Tutanchamun. Der Grappa ist noch nicht entdeckt und vor allem nicht probiert. Durchsichtig wie kristallklares Wasser und scharf wie eine Rasierklinge destilliert ihn Vincenzo aus den Resten der entsafteten Weintrauben für den Verkauf. Aber für sich selbst und seine vielen *amici* kreiert er nach höchst geheimem Rezept eine mit Aprikosen parfümierte Sonderabfüllung.

All das ist zwar verboten, denn das Branntweinmonopol liegt beim Staat, aber der blickt hinter keine grüne Tür, und selbst wenn die Carabinieri ihren Streifenwagen einen Meter vor Vincenzos Schatzkammer parken, so droht trotzdem keine Gefahr, wissen sie doch, dass in der wohlriechenden Dunkelheit nur rostige Fahrräder, Gartengeräte und Handwerkszeug lagern.

Wie ein sorgfältig planender Bergsteiger vor dem Aufstieg seine Rastplätze festgelegt hat, so hat Vincenzo in jedem dunklen Winkel seiner Schatzkammer zwei Gläser mit der dazugehörenden Flasche deponiert. *„Cin cin!"*, sagt er beim Erreichen einer neuen Vorratsstelle, und wie sich Balsam über eine wunde Seele legt, so wohltuend fließt der Grappa de luxe von der toten in die lebende Dunkelheit.

„Un altro?" *„No, grazie"*, denn gerade vereinigt sich der Grappa mit dem vorangegangenen doppelten Barbera, und schon nehmen die Schatten an den steinernen Wänden bizarre Formen an.

Sitzt dort nicht jemand vorn übergebeugt im alten Eselssattel? Und ähneln die großen Weinfässer nicht plötzlich schwer atmenden Gestalten, die auf dem Rücken liegend ihren Rausch ausschlafen? Ein Windstoß lässt die Glühbirne schwingen, und die Schatten beginnen gleichzeitig heftig über die Wände zu tanzen. Wie sehr die zum Trocknen aufgehängten großen Zwiebeln jetzt körperlosen Köpfen gleichen, und ob das eiserne Gestell mit dem langen Hebearm wirklich kein Folterinstrument ist, sondern nur dazu dient, Korken in den Hals der Weinflasche zu pressen? Nein, wirklich kei-

nen Grappa mehr und keinen weiteren Barbera. Aber Vincenzo ruft schon wieder „*venga, venga*" und weist auf zwei abgedeckte Eisenfässer. Soll man ihm wirklich noch folgen? Haben seine Lockrufe nicht einen unheimlichen Klang bekommen? Führt er vielleicht in eine dunkle Tiefe, aus der es kein Entrinnen gibt? „*Olio d'Oliva*", sagt Vincenzo und hebt den Deckel eines der Fässer, hat auch schon wieder ein Glas in der einen und eine Schöpfkelle in der anderen Hand.

„*No, grazie, prego, prego, no.*"

Dabei will Vincenzo dem Grappa und dem doppelten Barbera wirklich kein Olivenöl hinterherschicken, sondern er füllt nur eine Probe ins Glas, um vor dem Licht der schwankenden Glühbirne die durchsichtige Reinheit seines Olivensaftes zu dokumentieren. Und wie jeder Künstler davon überzeugt ist, dass sein Werk für andere unerreichbar ist, so lässt auch Vincenzos sehr

VINCENZO IN SEINEM SCHATTENREICH

zufriedener Gesichtsausdruck keinen Zweifel an der Vollkommenheit seiner Kreationen.

Und damit wirklich kein Missverständnis aufkommt, sagt er sicherheitshalber noch einmal: *„È molto buono."* Gemeint ist diesmal das Öl, aber natürlich denkt Vincenzo gleichzeitig an den ebenso guten Grappa und den Barbera.

„Ancora uno?", fragt er beinahe bittend beim Rückweg zum Licht, und wer kann einem Künstler schon widerstehen. Erst einen Grappa, dann einen Barbera.

„Buonissimo, buonissimo", und Vincenzo strahlt über das neue Lob. Die Weinfässer sind jetzt echte schlafende Giganten geworden, von der Decke hängen keine Zwiebeln, sondern menschliche Schrumpfköpfe, auf dem alten Eselssattel sitzt eine gebeugte Gestalt, die Glühbirne schwankt heftig wie im Sturm, Vincenzos Schlüssel ist riesengroß geworden, und das Gitter zur Schatzkammer gleicht einer Zellentür.

„Keinen Grappa, keinen Barbera, kein Olivenöl, nur raus, zurück ans Licht", will die Stimme rufen, aber zustande bringt sie nur ein verzweifeltes: *„Molto buono, molto buono."*

☙

Zwischen der ländlichen Idylle von
Casanova Lerrone und Alassio
liegen nur zehn Autominuten.
Sie führen in eine andere Welt,
für die Gianni di Muro ein Beispiel bietet.

☙

Figaro hier, Figaro da

Offiziell ist Gianni di Muro ein *parrucchiere*, ein Figaro, ein Friseur. In Wirklichkeit aber ist Gianni di Muro ein Künstler. Seine Bühne steht in Alassio, direkt an der *Viale Hanbury*, die zur berüchtigten *Via Aurelia* gehört. Genau drei oder auch vier Zentimeter vom Bühnenrand entfernt jagen die Autos vorbei. Ihr Luftzug lässt die am Eingang installierten gläsernen Lichtwindspiele fröhlich oder vielleicht auch protestierend klimpern.

Natürlich ist die Tür zu Giannis Salon bei jedem Wetter geöffnet. Welcher Künstler spielt schon hinter verschlossenem Vorhang?

Wer nur im Vorübergehen einen Blick in das Innere wirft, der könnte vermuten, es handele sich um einen ganz normalen Frisiersalon, einen der gehobenen Klasse, versteht sich. Das aber ist ein großer Irrtum. Und auch Gianni ist nicht sofort als Star seiner Zunft zu erkennen. Ist er doch gerade damit beschäftigt, eine Teekanne nebst Tassen von einem Frisiertisch abzuräumen. Dann schiebt er den Strauß rot-weißer Rosen in eine neue Position, zupft zärtlich an den falschen Blütenblättern, tritt prüfend einen Schritt zurück und ist mit dem Arrangement ganz offensichtlich zufrieden.

Sein Missfallen erweckt dagegen ein Büschel schwarzer Haare, das ein wenig abseits von den vielen großen

Büscheln schwarzer, blonder, grauer und brauner Haare liegt.

Mit einem sehr feinen Besen schiebt er zusammen, was zusammengehört, und als das getan ist, erkennt der aufmerksame Beobachter zum ersten Mal, dass Gianni die Nummer eins unter den wohl zwei Dutzend Beschäftigten des Salons sein muss. Er stellt nämlich den nun nicht mehr benötigten, feinen Besen nicht etwa in eine Ecke, sondern lässt ihn einfach stehen, wo er ihn gerade noch gebraucht hat. Mitten im Raum. Dort wäre er mit ziemlichem Geräusch auf den Steinfußboden gefallen und hätte die etwa 32 oder 33 ebenfalls sehr feinen Damen an den Frisiertischen aufschrecken lassen.

Doch diese Störung wird verhindert, weil im selben Augenblick, in dem Gianni die Hand vom Besenstiel nimmt, einer der schwarzen Figaros herbeispringt und den sich schon neigenden potenziellen Ruhestörer sicher auffängt.

Selbstverständlich legt Gianni seine Hand mit dem sehr breiten Armband aus Silber, vielleicht sogar aus Weißgold oder Platin, anschließend nicht auf die Schulter des so eilfertig herbeigesprungenen Mitarbeiters. Die beinahe zärtlich wirkende Geste gilt vielmehr einer Kundin, die zuvor schon zwei Mal versucht hatte, ihrerseits Gianni zärtlich am Arm zu zupfen. Doch da war er gerade auf dem Weg zu einer anderen Kundin, die bereits drei Mal seinen Rat, vor allem aber seine Nähe gewünscht hatte.

Auch aus den beiden anderen Behandlungsräumen gehen Anfragen ein. Gianni empfängt sie über einen schwarzen Knopf im Ohr. Die Antwort erteilt er den Unter-Figaros über ein schwarzes Mikrofon, dessen schwarzer Metallarm aus dem sehr eng anliegenden schwarzen Rolli kriecht und seine Energiequelle in der ebenso eng anliegenden schwarzen Hose hat. Wären da nicht die Turnschuhe mit den weißen Adidas-Streifen, man könnte Gianni für einen Tänzer halten, wenngleich für einen ehemaligen, denn die – natürlich – schwarzen Haare werden bereits von mehreren – möglicherweise echten – grauen Strähnen durchzogen. Sie sind gleichzeitig eine Art Rangabzeichen, denn neben Gianni eilen noch zehn weitere tiefschwarz gekleidete Helfer durch die Behandlungsräume. Alles Nachwuchskünstler, die man nicht fragen muss, wer ihr Vorbild ist. Sie dürfen graue, gelbe, rote oder weiße Strähnen legen, aber selbstverständlich nur bei anderen. Und stets unter der strengen Aufsicht des Maestros.

Der ist gerade unmittelbar an der Bühnenrampe, sprich direkt am Eingang tätig. Dort, schon im Luftzug der Busse, will gerade eine Nachwuchskraft ein Überraschungsei auspacken. Das erste in der Sechserreihe. Vorsichtig, ganz vorsichtig, so wie ein Sprengmeister an einem gefährlichen Zünder hantiert, öffnen jetzt vier Hände den Plastikturban. Zum Vorschein kommt Erschreckendes: Teile von Kopfhaut, Menschenhaar in Schweinegelb, dazwischen Wattebäusche und Saugtücher. Und wie ein Operateur nach getaner Transplantation hebt Gianni an spitzen Fingern die Fundkörper aus der Wunde. So macht man es und so, dann darf der Helfer allein wirken, und Gianni eilt erst in die Abteilung „Schnitt", wird aber gleich über den schwarzen Knopf im Ohr in die „Föhnstation" gerufen.

Auch dort wirken schwarz gekleidete Nachwuchskünstler, denen es, natürlich nur unter Anleitung des Maestros, im Notfall zu gelingen scheint, zehn einsame Haare derart geschickt zu drehen und aufzublasen, dass die Kundin selbst beim Zahlen noch strahlt, als habe ihr der Maestro gerade die schon sehr ferne Jugend zurückgegeben.

Auch wenn Gianni persönlich nur noch durch Tupfer an den jeweiligen Gesamtkunstwerken mitwirkt, den fertigen Kopfschmuck betrachtet er als sein Werk. Gerade noch hat er eine durchaus perfekte Locke um einen Millimeter verrückt, schon steht er bereit, um ein neues Kunstwerk zu verabschieden. Formvollendet, aber ohne eine Spur von Unterwürfigkeit.

Wäre die Welt nicht ungerecht, es müsste nicht Gianni für den Besuch danken, sondern die Klientel. Wo sonst bekommt man schließlich ein Kunstwerk für den Spottpreis von 115 Euro, aufgeteilt in 60 Euro für die Strähnen, 35 Euro für den Schnitt und 20 Euro für Kleinteile? *Caffè*, *tè* und *acqua minerale* aus der Bar gibt es aber selbstverständlich gratis. Und den höllischen Lärm von der *Via Aurelia* auch.

Nachwort

Auch im Tal der Lerrone bleibt die Zeit nicht stehen, sondern findet ihre Opfer. Martino sitzt nicht mehr auf seinem Lieblingsplatz. Bei der Begleitung einer Jagdgesellschaft fiel er tot um. Sein Restaurant wurde geschlossen. Weit über 90-jährig starb auch *zio* Maurizio in einem Pflegeheim. Vincenzos Frau Giulia, die so wunderbar kochen konnte, musste sich lange quälen und wurde Opfer einer heimtückischen Krankheit. Gianfranco kann jetzt lange schlafen, denn er hat seine Bäckerei aufgegeben und das dazugehörende Geschäft vermietet.

Auch das Leben in der *Primo Sole* hat sich verändert: Marisa spürte das Alter und gab das regelmäßige Kochen auf. In der kleinen Bar bedient sie aber noch und betreibt weiterhin ihren Lebensmittelladen. Camilla, der Schwarm aller männlichen Gäste, ist ausgeschieden und hat eine Familie gegründet. Auch Oswaldo kommt nicht mehr als Sommergast in die *Sole*. Fast 80-jährig hat er seinen Wohnsitz in Mailand aufgegeben und ist in seinen Geburtsort Ceva, am Fuße der piemontesischen Seealpen, zurückgekehrt und kommt gelegentlich mit dem Zug nach Albenga und ins Lerronetal.

Und nicht nur bei den Menschen hat sich einiges verändert: Der hässliche Anbau an der *San-Maurizio*-Kapelle in Poggio ist auf private Initiative verputzt und gestrichen worden, eine benachbarte Ruine hat sich in eine schmucke Villa verwandelt.

Frazione Poggio/Casanova Lerrone, im Oktober 2014